Johann Gottfried Herder

Volkslieder

Johann Gottfried Herder

Volkslieder

ISBN/EAN: 9783741167904

Hergestellt in Europa, USA, Kanada, Australien, Japan

Cover: Foto ©Andreas Hilbeck / pixelio.de

Manufactured and distributed by brebook publishing software
(www.brebook.com)

Johann Gottfried Herder

Volkslieder

Volkslieder.

— Sind Veilchen in des Jahres Jugend, sind
Erstlinge der Natur, früh und nicht daurend,
Süß, aber bald dahin: der Duft, die Blüthe
Von wenigen Minuten —

Shakespear's Hamlet.

Erster Theil.

Leipzig,
in der Weygandschen Buchhandlung
1778.

Allen Leuten ich nicht kann
Zu Dank sprechen noch soll.
Mein Buch hörte nie der Mann,
Dem es alles behagte wohl. —
Wer könnt bringen an Einen Sinn,
Die da Gott gescheiden hat,
Der wär nützer denn ich bin.

Vorrede zum Sachsenspiegel.

Zeugnisse über Volkslieder.

Die Volkspoesie, ganz Natur, wie sie ist, hat Naivetäten und Reize, durch die sie sich der Hauptschönheit der künstlichvollkommensten Poesie gleichet.

Montagne B. 1. Kap. 54.

— — Sind Blumen, nicht, die feine Kunst
Auf Beeten zog, in Sträusser zierlich band,
Sind Blumen, die Natur, die gute Mutter,
Auf Hügel, Thal und Ebnen ausgoß.

Milton.

Nie hörte ich den alten Gesang Percy und Duglas, ohne daß ich mein Herz von mehr als Trompetenklang gerührt fand. Und doch war's nur irgend von einem blinden Bettler gesungen mit nicht rauherer Stimme als Vers-ert — — —

Philipp Sidney.

Ein gewöhnlicher Volksgesang, an dem sich der gemeine Mann ergötzet, muß jedem Leser gefallen, der nicht durch Unwissenheit oder Ziererey sich jeder Unterhaltung unfähig gemacht hat. Die Ursache ist klar: Die nähmlichen Naturgemählde, die ihn dem gemeinsten Leser empfehlen, werden dem feinsten als Schönheit erscheinen — — —

Addison Zuschauer N. 70.

Lord Dorset, der witzigste Kopf, zugleich der redlichste Mann und einer der besten Kritiker und feinsten Dichter seiner Zeit, hatte eine grosse Anzahl alter Balladen und fand an ihnen groß Vergnügen. Das nehmliche kann ich von Dryden und einigen der feinsten Schriftsteller unserer Zeit anführen — —

Addis. Zusch. N. 85.

Der gelehrte Selden war recht verliebt, diese alten Gesänge zu sammlen. Er fing die

Pepys'sammlung an, die, bis 1700 fortgesetzt, über 2000 Stücke enthält — — — und pflegte überhaupt zu sagen, daß Dinge der Art das treuste Bild der Zeiten und den wahren Geist des Volks enthielten, so wie man „an einem in die Luft geworfenen leichten Strohhalm eher sehen könne: woher der Wind komme? als an einem schweren grossen Steine." — S. Percy' Vorrede seiner Reliques of Anc. Engl. Poetry, hin und wieder, wo er auch die Namen Shenstone, Wharton, Garrik, Johnson, die besten neuern Köpfe Englands, als Beförderer und Liebhaber dieser Sammlung oft anführet.

* * *

Musika ist eine halbe Disciplin und Zuchtmeisterin, so die Leute gelinder und sanftmüthiger, sittsamer und vernünftiger machet. Die

Musika ist eine schöne herrliche Gabe Gottes und nahe der Theologie. — — —

— Und sprach ferner darauf, wie gehet's doch zu, daß wir in Carnalibus so manche feine Poemata, und in Spiritualibus da haben wir so faul kalt Ding' und recitirte einige deutsche Lieder: den Turnier von den vollen u. s.

Luthers Tischreden.

Alle Nation haben ihre Zungen und Sprachen in Regeln gefasset, auch in ihre Kroniken und Handelbücher verzeichnet, wo etwas ehrlichs und mannlichs gehandelt, oder etwas künstlichs und höflichs ist geredt worden von den Ihren. Allein wir Deutschen sind Deutschen, haben solchs vergessen, das Unser geringe geachtet, wie ehrlich es auch gewesen, und auf andrer Leute und fremder Nation Wesen, Sitten und Geberde gegaffet, gleich als hätten unsere Alten und Vorfahren nie nichts gehandelt, geredet, gesetzt und geordnet, das ihnen ehrlich und rühmlich nachzusagen wäre. —

Agrikola Vorr. zu seinen deutschen Sprüchwörtern. 1530.

Gluck bemerkte, was die Zuhörer am meisten zu empfinden schienen, und da er fand, daß die planen und simplen Stellen die meiste Wirkung auf sie thaten: so hat er sich seit der Zeit beständig beflissen, für die Singstimme mehr in den natürlichen Tönen der menschlichen Empfindungen und Leidenschaften zu schreiben, als den Liebhabern tiefer Wissenschaft, oder grosser Schwierigkeiten zu schmeicheln; und es ist anmerkenswerth, daß die meisten Arien in seiner Oper Orpheus so plan und simpel sind, als die Engländischen Balladen.

Er ist dafür, die Musik zu simplificiren; und statt mit grenzenloser Erfindungskraft und

Fähigkeit die eigensinnigsten Schwierigkeiten hervorzubringen, und seine Melodien mit buhlerischen Zierrathen zu verbrämen, thut er alles mögliche, seine Muse nüchtern und keusch zu erhalten.

Burneys Musik. Reise Th. 2. S. 195. 175.

Lord Marschall hatte sich eine Sammlung von Nazionalmelodien gemacht, von fast allen Völkern unter der Sonnen. Er hatte fast bei jedem Stück eine Anekdote. Er erzählte mir auch von einem Bergschotten, welcher allemal weinte, wenn er eine gewisse langsame schottische Melodie spielen hörte.

Burney Th. 3. S. 85. 87. 88.

Sie würden auch daraus lernen, daß unter jedem Himmelsstriche Dichter geboren werden, und daß lebhafte Empfindungen kein Vorrecht gesitteter Völker sind. Es ist nicht lange, als ich in Ruhigs Litthauischem Wörterbuche blätterte, und am Ende der vorläufigen Betrachtungen über diese Sprache eine hierher gehörige Seltenheit antraf, die mich unendlich vergnügte. Einige Litthauische Dainos, oder Liederchen, nehmlich wie sie die gemeinen Mädchen daselbst singen. Welch ein naiver Witz! Welche reizende Einfalt!

Leßing in Litter. Br. Th. 2. S. 241. 242.

Keine Nazion in der Welt müste, meines Erachtens, einen reichern Schatz an Ueberbleibseln dieser Art aufzuweisen haben, als unsre nordische, vornemlich die Dänische, wenn wir erst einmal anfingen, so aufmerksam auf unsre eignen Vortheile zu werden, als es die meisten andern auf die ihrigen sind. Wir haben schon jezt eine ganze Sammlung alter lyrischer Gedichte, unter dem Namen Kiämpe-Wiiser:

nur Schade, daß die schätzbarsten Stücke aus ihren ursprünglichen Runen in das neuere Dänische übergetragen, und folglich um ein grosses Theil ihres Ansehens gekommen sind, u. s. w.

Gerstenberg. Br. über Merkw.
d. Litt. St. 1. S. 108.

Wer nicht liebt Weib, Wein und G'sang,
Der bleibt ein Narr sein Lebenlang.

Luther.

Die Fortsezung künftig.

Erstes Buch.

1.

Das Lied vom jungen Grafen.

Deutsch.

Ich steh auf einem hohen Berg,
Seh 'nunter ins tiefe Thal,
Da sah ich ein Schifflein schweben,
Darinn drey Grafen saß'n.

Der allerjüngst, der drunter war,
Die in dem Schifflein saß'n,
Der gebot seiner Lieben zu trinken
Aus einem venedischen Glas. *)

*) nach der Tradizion ein Glas, das den Trank vergiftete.

"Was giebst mir lang zu trinken,
Was schenkst du mir lang ein?
Ich will jezt in ein Kloster gehn,
Will Gottes Dienerin seyn.„

"Willst du jetzt in ein Kloster gehn,
Willst Gottes Dienerin seyn,
So geh in Gottes Namen;
Deins gleichen giebts noch mehr!„

Und als es war um Mitternacht,
Dem jung'n Graf träumts so schwer,
Als ob sein allerliebster Schaz
Ins Kloster gezogen wär.

"Auf Knecht, steh auf und tummle dich;
Sattl' unser beide Pferd!
Wir wollen reiten, sey Tag oder Nacht;
Die Lieb ist reitens werth!„

Und da sie vor jen's Kloster kamen,
Wohl vor das hohe Thor,
Fragt er nach jüngst der Nonnen,
Die in dem Kloster war.

Das Nönnlein kam gegangen
In einem schneeweissen Kleid;
Ihr Häärl war abgeschnitten,
Ihr rother Mund war bleich.

Der Knab er sezt sich nieder,
Er saß auf einem Stein;
Er weint die hellen Thränen,
Brach ihm sein Herz entzwey.

2.

Die schöne Rosemunde.

Englisch.

Einst herrscht' ein König, in der Zahl
Heinrich der zweit' er hieß,
Der liebte, nebst der Königin,
Ein Fräulein hold und süß.

Ihrs gleichen war auf Erden nicht
An Liebreiz und Gestalt;
Kein süßer Kind war auf der Welt
In Eines Manns Gewalt.

Ihr Lockenhaar, für feines Gold
Hätts jedermann erkannt;
Ihr Auge stralte Himmelsglanz
Wie Perl' aus Morgenland.

Das Blut in ihren Wangen zart
Trieb solch ein Roth und Weiß,
Als ob da Ros' und Lilie
Stritt um den Wettepreis.

Ja Rose, schöne Rosemund'
Hieß recht das Engelskind,
Der aber Königin Lenor'
War Todesfeind gesinnt.

Darum der König, ihr zum Schuz,
(Der Feindin zu entgehn)
Zu Woodstock baut' ein' solche Burg,
Als nimmer war gesehn.

Gar künstlich war die Burg erbaut
Von vestem Holz und Stein;
Nach hundertfunfzig Thüren erst
Kam man zur Burg hinein.

Und alle Gänge schlangen sich
So durch und durch ins Haus,
Daß sonder eines Leitgarnsbund
Niemand kam ein und aus.

Und ob des Königs Lieb und Gunst
Zu seiner holden Braut
Ward nur dem treusten Rittersmann
Die Wacht der Burg vertraut.

Doch ach! das Glück, das oft ergrimmt,
Wo es zuvor gelacht,
Beneidet bald des Königs Lust
Und Röschens Liebespracht.

Des Königs undankbarer Sohn,
Den er selbst hoch erhöht,
Empörte sich in Frankreich stolz
Nach Vaters Majestät.

Doch eh noch unser König hold
Sein Engelland verließ,
Da nahm er noch dies Lebewohl
Von seiner Bule süß:

„O Rosemunde, Rose mein,
Du meiner Augen Lust,
Die schönste Blum' in aller Welt
An deines Königs Brust.

Die Blume, die mein Herz erquickt
Mit süssem Wonnestral,
O meine Königsrose, leb',
Leb wohl zu tausendmal!

Denn, meine schönste Rose, nun
Werd' ich dich lang nicht sehn,
Muß übers Meer, muß Aufruhrsstolz
In Frankreich bändigen.

Doch meine Rose — ja gewiß!
Sollt bald mich wiedersehn!
Und mir im Herzen — o, da sollt
Du immer mit mir gehn!»

Als Rosemund', das holde Kind
Kaum Königs Wort gehört,
Da brach mit Macht der Kummer aus,
Der tief ihr Herz verzehrt.

Im Himmel ihrer Augen schwamm
Thrän', über Thrän' hinan,
Bis, wie ein Silber, Perlenthau
Von ihren Wangen rann.

Der Lippen zart Korallenroth
Ermattet' und erblich;
Für Kummer starrt ihr schönes Blut,
Und all ihr Geist entwich.

Sie sank, in Ohnmacht sank sie hin
Zu ihres Königs Knie,
Der oft denn seinen Königsarm
Voll Liebe schlang um sie.

Wohl zwanzig, zwanzigmale küßt'
Er sie mit nassem Blick,
Bis endlich noch ihr sanfter Geist
Ins Leben kam zurück:

„Was ist dir Rose, Rose mein,
Was dir so Kummer macht?„ —
„Ach, seufzt sie, ach, mein König zeucht
So fern in Todesschlacht!

Und da mein Herr in fremdes Land,
Vor wilder Feinde Heer,
Hinzeucht, und Leib und Leben wagt,
Was soll denn ich hier mehr?

Dein Waffenknabe laß mich seyn,
Gib Tar-sche mir und Schwert,
Daß meine Brust dem Streiche steh,
Der dich zu tödten fährt.

Wie oder laß im Königszelt
Mich betten dir zur Nacht,
Und kühlen dich mit Bädern frisch,
Wenn du kommst aus der Schlacht.

So bin ich doch bei dir, und will
Nicht Arbeit scheun, noch Noth!
Ab'r ohne dich — ach, leb' ich nicht,
Da ist mein Leben Tod!„

„Besänft'ge dich, mein Liebchen, sieh,
Du bleibest heim in Ruh,
Im lieblich schönen Engelland;
Kein Feldziehn komm. dir zu!

Nicht blut'ger Krieg, der Friede sanft
Ist für dein sanft Geschlecht;
Auf schöner Burg ein Freudenfest,
Nicht Lager und Gefecht!

Mein Röschen soll hier sicher seyn
In Lust und Saitenspiel,
Indeß ich unter scharfem Speer
Den Feind aufsuchen will.

Mein Röschen glänzt in Perl' und Gold,
Indeß mich Stahl umhüllt;
Mein Liebchen tanzt hier Freudentanz,
Wenn dort mich Schlacht umbrüllt."

"Und, Edler, den ich auserkannt
Zu meiner Liebe Wacht,
Hab, wenn ich weit entfernet bin,
Hab auf mein Röschen Acht!"

„Erbarm dich, rief das holde Kind,
Doch meiner Jugend zart!
Mit solchem strengen Todesgift
Straf, ach! mich nicht so hart.

Ich will aus dieser Sündenwelt
Wo in ein Kloster fliehn,
Will, wenn du's foderst, fern verbannt
Die weite Welt durchziehn.

Und für die Schuld, die ich verbrach,
Ob nur aus Zwang verbrach,
Straf' ach! mich wie du willt, nur laß
Die Todesstrafe nach.„

Und mit den Worten rang sie oft
Und viel die Lilienhand,
Und längs das schöne Angesicht
Kam Thränenstrom gerannt.

Doch nichts, ach nichts! besänftigte
Die Wuth der Mörderin;
Sie stieß, noch knieend stieß sie ihr
Den Becher Gift dahin.

Zu trinken aus das Todesgift
Nahm sie es in die Hand,
Erhob ihr tiefgebeugtes Knie
Noch zitternd auf, und stand;

Und schlug die Augen himmelwärts,
Und fleht' um Gnade — ach!
Da trank sie aus das strenge Gift,
Das bald das Herz ihr brach.

Und als der Tod nun voller Wuth
Durch ihre Glieder wallt,
Da pries noch ihre Mördrin selbst
Die schöne Todsgestalt.

Und als ihr lezter Hauch entfloh,
Begrub man ihr Gebein
Zu Godstow nah nach Oxfort zu,
Wie's noch zu sehn soll seyn.

3.

Die kranke Braut.

Litthauisch.

Durchs Birkenwäldchen,
Durchs Fichtenwäldchen,
Trug mich mein Hengst, mein Brauner,
Zu Schwiegervaters Höfchen.

Schön Tag! Schön Abend!
Frau Schwieger, liebe,
Was macht mein liebes Mädchen?
Was macht mein junges Mädchen?

Krank ist dein Mädchen,
O! krank von Herzen,
Dort in der neuen Tenne,
In ihrem grünen Bettchen.

Da übern Hof ich,
Und herzlich weint' ich,
Und vor der Thüre
Wischt' ich die Thränen.

Ich drückt' ihr Händchen,
Streift' ihr den Ring auf:
Wirds dir nicht besser, Mädchen?
Nicht besser, junges Mädchen?

Mir wird nicht besser,
Nicht deine Braut mehr!
Du wirst mich nicht betrauren,
Nach andern wirst du gaffen.

Durch diese Thüre
Wirst du mich tragen;
Durch jene reiten Gäste.
Gefällt dir jenes Mädchen?
Gefällt dirs junge Mädchen?

4.

Abschiedslied eines Mädchens.

Litthauisch.

Dort im Garten blühten Majorane,
Hier im Garten blühten Tymiane,
Und wo unser Schwesterchen sich lehnte,
Da die allerbesten Blümlein blühten.

Warum liegst du hingelehnt, mein Mädchen?
Warum hingelehnt, mein junges Mädchen?
Ist nicht Jugend noch dein liebes Leben?
Und noch leicht und frisch dein junges Herzchen?

Ist gleich Jugend noch mein liebes Leben,
Und noch frisch und leicht mein junges Herzchen,
Dennoch fühl' ich junges Mädchen Schmerzen,
Heute geht zu Ende meine Jugend.

Durch die grüne Hofflur geht das Mädchen,
Ihren Brautkranz in dem weissen Händchen,
O mein Kränzel! o mein schwarzes Kränzel,
Weit von hinnen wirst du mit mir gehen!

Lebe wohl nun, Mutter, liebe Mutter!
Lebe wohl nun, Vater, lieber Vater!
Lebt wohl, liebe Brüder!
Lebt wohl, liebe Schwestern!

5.

Der versunkne Brautring.

Litthauisch.

Zum Fischer reit' ich,
Den Fischer besuch' ich,
Sein Eidam wär' ich gerne!

Am Hafestrande
Spült' ich die Netze,
Rein wusch ich mir die Hände.

Weh! da entfiel mir
Vom Mittelfinger
Mein Bräutgamring zu Grunde.

Erfleh dir, Liebster,
Den Wind, den Nordwind,
Auf vierzehn lange Tage!

Vielleicht er würf' ihn,
Den Ring, vom Grunde
Auf deiner Liebsten Wiese.

Da kömmt das Mädchen
Dort über Feld her
Am Rautengarten.

Verruhe dich, mein Liebster,
Leg ab die Sense
Hier in die Schwade,

Und deinen Schleifstein
Auf diese Schwade!
Verruhe dich, mein Liebster!

Dank dir, mein Mädchen,
Dank für dein Kommen,
Und für dein Mitleid,
Für deine süsse Rede! — — —

Schön Tag, schön Abend,
O gute Mutter!
Kenn ich Nachtlager haben?

Nachtlager will ich
Dir nicht versagen,
Doch gut werd' ich dir nimmer.

6.

Das Lied vom eifersüchtigen Knaben.

Deutsch.

Es stehen drey Stern' am Himmel,
Die geben der Lieb' ihren Schein.
Gott grüß euch, schönes Jungfräulein,
Wo bind' ich mein Rösselein hin.

„Nimm du es, dein Rößlein, beim Zügel, beim
Zaum,
Bind's an den Feigenbaum,
Sez dich ein' kleine Weil nieder,
Und mach mir ein kleine Kurzweil.„

Ich kann und mag nicht sizen,
Mag auch nicht lustig seyn,
Mein Herz ist mir betrübet,
Feinslieb von wegen dein.

Was zog er aus der Taschen?
Ein Messer, war scharf und spiz;
Er stachs seiner Lieben durchs Herze;
Das rothe Blut gegen ihm sprizt.

Und da er's wieder herausser zog,
Von Blut war es so roth.
„Ach reicher Gott vom Himmel,
Wie bitter wird mir der Tod!„

Was zog er ihr abe vom Finger?
Ein rothes Goldringelein.
Er warfs in flüssig Wasser;
Es gab seinen klaren Schein.

Schwimm hin, schwimm her, Goldringelein!
Bis an den tiefen See!
Mein Feinslieb ist mir gestorben;
Jezt hab ich kein Feinslieb mehr.

So gehts, wenn ein Maidel zwei Knaben lieb hat,
Thut wunderselten gut;
Das haben wir Beid' erfahren,
Was falsche Liebe thut.

7.

Alkanzor und Zaida.

Eine Maurische Geschichte.

Englisch.

Säuselnd wehn die Abendwinde,
Säuselnd fället kühler Thau,
Und schon kommt der Mohr Alkanzor
Lichtscheu dort auf dunkler Au.

In dem Pallast wohnet Zaida,
Die so treu, er sich erkohr,
Sie, die schönste junge Mohrin,
Er, ein edler junger Mohr.

Sehnlich harrt er nun der Stunde,
Die sie, ihn zu sehn, versprach,
Wanket hin und her; nun steht er,
Horchet, schleichet, lauschet nach.

Furcht und Hoffen faßt ihn wechselnd,
Seufzet tief. — O tritt herfür,
Guter Jüngling, sieh, am Fenster,
Dort erscheint dein Mädchen dir.

Lieblich auf geht Mondes-Schimmer
Dem verirrten Schäfersmann,
Wenn wie Silberglanz es aufsteigt
Berg und Thale güldend an.

Lieblich lacht die Pracht der Sonne
Den verzagten Seemann an,
Wenn sie grausen Sturm zertreibend
Glättet auf der Wogen Bahn.

Aber tausendmal so lieblich
Stiele dem Liebelauscher hier
Halbgesehn das schöne Mädchen
Durch die Dämmrung sich herfür.

Auf den Zehn steht er beklommen,
Flüstert Seufzer sanft ihr zu:
„Alla mit dir, liebstes Mädchen!
Gibst du Tod mir oder Ruh?

Ist sie wahr, die Schreckgeschichte,
Die mein Knabe jezt erfährt,
Daß man einem alten kargen
Reichen dich zur Braut gewährt?

Daß ihn jezt dein grimmer Vater
Bringt von Antiquera schon,
Ist, o untreu' falsche Zaida,
Ist das meiner Liebe Lohn?

Ist es wahr, so sprich mirs immer,
Täusche länger nicht mein Ach,
Schweige mir nicht, was ja jeder
Weiß und andern lispelt nach!„

Tief erseufzt das schuld'ge Mädchen,
Thränen strömen sanft ihr ab:
„Leider wahr, zu wahr, mein Lieber;
Hier ist unsrer Liebe Grab!

Unsre Freundschaft ist verrathen,
Unser Bund ist schon bekannt;
Alle meine Freunde wüthen,
All das Haus ist Sturm und Brand.

Drohen, Schelten, Fluch ist um mich,
Vaters Strenge bricht mein Herz.
Ich muß fort, o edler Jüngling,
Alla weiß mit welchem Schmerz!

Alte Feindes Wunden trennten
Lange dein und unser Haus;
Wie denn, daß dein' edle Tugend
Allen Haß mir löschte aus.

Wohl ach! weißt du, wie ich zärtlich,
Frei von jener Stolz und Groll,
Liebte dich, ob ich vom Vater
Gleich dich nimmer hofte wohl.

Wohl ach! weißt du, wie so grausam
Meine Mutter mir verfuhr,
Was ich ausstand, dich zu sehen
Abend und Frühmorgens nur.

Länger kann ich nun nicht streiten;
Alle zwingen sie mir ab
Diese schwache Hand, und morgen
Muß ich in mein Ehegrab.

Aber denke nicht, daß deine
Treue Zalda das verlebt.
Ach! schon sagt mein brechend Herz mir
Daß es nicht mehr lange lebt.

Lebe wohl denn, süsser Jüngling,
Zu sehr leb' ich nur um dich!
Diese Schärp', ein Abschiedszeichen,
Wenn du's trägest, denk an mich!

Bald, Geliebter, wird ein werther
Mädchen lohnen deine Treu;
Sag ihr denn, daß deine Zaida
Um dich früh gestorben sey!„

So betäubt, verworren goß sie
Aus vor ihm der Liebe Schmerz.
Tief erseufzt er, rief: „O Zaida,
Brich, o brich nicht so mein Herz!

Kanst du's denken, dich verlieren
Soll ich, und so seyn in Ruh?
Lieber todt zu tausendmalen,
Und der Alte todt dazu!

Und kanst du dich denn so schimpflich
Ihnen lassen? Fleuch zu mir!
Dieses Herz soll für dich bluten,
Dieser Arm soll dienen dir!„

„All umsonst, umsonst, Alkanzor,
Mauern, Wachen sind da vor,
Kaum erstahl ich diesen Blick noch,
Wo mein Mädchen steht am Thor.

Horch, ich hör den Vater stürmen,
Horch, die Mutter tobt auf mich;
Ich muß fort! Leb wohl auf ewig!
Güt'ger Alla leite dich!„ —

8.

Zaid und Zaida.

Spanisch.

Durch die Strasse seiner Dame
Wandelt Zaid auf und nieder,
Harrend, daß die Stunde komme,
Endlich komme, sie zu sprechen.

Und schon geht der Mohr verzweifelnd,
Da es sich so lange zögert,
Denket: nur von ihr ein Anblick
Wird all meine Flammen kühlen. —

Und da sieht er sie! Am Fenster
Tritt hervor sie, wie die Sonne
Aufgeht in dem Ungewitter,
Wie der Mond im Dunkel aufgeht.

Leise tritt ihr Zaid näher:
Alla mit dir, schöne Mohrin!
Ist es wahr, was meine Pagen,
Deine Dienerinnen sagen?

Sagen: Du willst mich verlassen,
Wollest einem schnöden Mohren,
Der von deines Vaters Gütern
Kaum noch aukam, dich vermählen?

Ist es wahr, o schönste Zaida?
Sage mir es, täusche mich nicht,
Wolle mir es nicht verhelen,
Was so laut ja alle wissen!

Tiefgebeugt erwiedert Zaida:
Ja, mein Guter, es ist Zeit nun,
Daß sich dein' und meine Freundschaft
Trenne, weil es alle wissen.

Um und an bin ich verlohren,
Wenn die Sache weiter fortgehe,
Alla weiß, wie es mich schmerzet,
Wies mich drücket, dich zu lassen.

Du weist wohl, wie ich dich liebte,
Troz des Widerspruchs der Meinen,
Weist, was ich mit meiner Mutter
Für Verdruß und Kummer hatte,

Wenn ich dich zu Nacht erharrte,
Harrte, dich noch spät zu sehen;
Dies auf Einmal mir zu enden,
Wollen sie jezt — mich vermählen.

Bald wird eine andre Dame
Schön und artig dein seyn, Zaid,
Die dich liebet, die du liebest,
Weil du es verdienst, o Zaid.

Tiefgebeugt der Mohr erwiedert,
Hingedrückt von tausend Kummer:
„Nicht versteh' ichs, schöne Zaida,
Wie du mit mir also handelst?

Nicht versteh' ichs, wie du also
Wechselst meine treue Liebe?
Einem häßlich schlechten Mohren,
Der so grossen Guts nicht werth ist.

Warst du's, die auf dieser Stelle
Zu mir sprach, noch jenen Abend?
Dein bin ich, dein bin ich ewig!
Dein, o du mein Leben, Zaid!„

9.

Zaid an Zaida.

Spanisch.

Schöne Zaida meiner Augen!
Meiner Seele schöne Zaida!
Du, die schönste der Mohrinnen,
Und vor allen Undankbare.

Du, aus deren schönen Haaren
Amor tausend Neze stricket,
Drinn sich, blind von deinem Anschaun,
Tausend freie Seelen fangen!

Welche Lust empfandst du, Stolze,
Dich mir also zu verändern!
Weist, wie sehr ich dich anbete,
Und begegnest mir nun also!

Ach wie übel, süsse Feindin,
Lohnst du meine treue Liebe!
Da statt Gegenliebe du mir
Unbestand und Undank giebest.

Wie so schnell sind sie entflogen
Deine Worte, deine Schwüre!
Gnug, daß es die deine waren,
Nahmen Flügel sie und flogen.

Denke, wie an jenem Tage
Du mir tausend Liebeszeichen,
Ach so zarte Zeichen gabest,
Daß so zart sie welken musten.

Denk, o denke, wenn dir, Zaida,
Dies Erinnern jezt nicht widert,
Welch Vergnügen du empfandest,
Wenn ich deinen Pallast umzog.

Wenn am Tage auf den Punkt schnell
Du hin an das Fenster hüpftest,
Oder Nachts dich auf dem Balkon,
Dich am Gitter sprechen liessest.

Wenn ich ausblieb, oder säumte,
Welche Eifersucht dich brannte;
Aber nun, wie bist du anders!
Heissest mich, an Hof zu gehen.

Heissest mich, dich nie zu sehen,
Nie dir Briefe mehr zu schreiben,
Dir, der einst so lieb sie waren,
Und nun Unlust dir erregen.

Ach, o Zaida, deine Liebe,
Deine Gunst und süssen Worte
Haben sich mir falsch entdecket,
Haben dich mir falsch erwiesen.

Kurz, du bist ein Weib, o Zaida,
Nur geneigt zum Unbestande,
Betest an, was dich vergisset,
Und vergiss'st, was dich anbetet.

Aber hasse mich, o Zaida,
Dir in Nichts zu gleichen, will ich,
Wärest du von hartem Eise,
Mehr nur meine Flamme nähren,

Will dir deine Untreu lohnen
Mit viel tausend Liebesängsten,
Denn, o Zaida, wahre Liebe
Wird sehr spät nur unbeständig.

10.

Zaida an Zaid.

Spanisch.

Hör, was ich dir melde, Zaid!
Geh nicht mehr durch meine Strasse,
Sprich nicht mehr mit meinen Weibern,
Noch mit meinen Sklaven sprich mehr!

Frage nicht mehr, was ich mache?
Noch wer komm, mich zu besuchen?
Welche Feste mich ergözen?
Welche Farben mir gefallen?

Gnug an der, die deinetwegen
Jezo meine Wangen färbet!
Daß ich einen Mohren kannte,
Der so wenig weiß zu leben. —

Ich gesteh es, du bist tapfer,
Spaltest, trennest, reissest nieder,
Hast der Christen mehr erleget,
Als Blutstropfen in dir fliessen!

Bist ein wackrer schöner Reuter,
Tanzest, singest, spielest lieblich,
Bist so fein, so wohlerzogen,
Wie man sich es nur kann denken;

Weiß und roth, daß nichts darüber!
Stammest von berühmten Ahnen,
Bist die Krone stets im Streite,
Bist die Zier in Scherz und Spielen!

Viel verlier' ich mit dir, Zaid!
Wie ich viel mit dir gewann,
Und — wärst du nur stumm gebohren,
Wär' es dich zu lieben möglich.

Aber um des Einen willen,
Muß ich, Zaid, dich verlieren,
Da, Verschwender deiner Seele,
Du dir selbst dein Glück ja raubest.

Denn in Reden dich zu zähmen,
Thäte es ja wahrlich Noth, dir
Auf die Brust ein Schloß zu sezen,
Auf die Lippen einen Kadi.

Viel vermögen bei den Damen
Tapfre Männer Deinesgleichen;
Denn sie lieben tapfre Männer,
Die zerstreuen, hauen und spalten.

Aber kurz und gut, Freund Zaid,
Wenn von solchen Gunsterweisen
Du dir etwa Tafel giebest;
Rath ich dir: genieß und schweige!

Köstlich wars, was du genossest,
Glücklich wärest du, o Zaid,
Wüßtest du, dir zu erhalten,
Was du zu gewinnen wußtest.

Aber warest du doch neulich
Kaum heraus aus Tarfes Garten,
Als du ja von deinem Unglück
Und von meinem so beredt warst!

Einem mißgeschaffnen Mohren
Zeigtest du, ich weiß es, jene
Flechte, die von meinen Haaren
Ich dir auf den Turban steckte.

Nicht verlang' ich sie zurücke,
Noch, daß du das Nichts behaltest,
Aber wisse, Mohr! Du hast sie
Jetzt zum Zeichen meiner Ungunst!

Auch hab' ich es wohl erfahren,
Wie du ihn für jene Lügen,
Lügen, die für Wahrheit gelten,
Nun herausgefodert habest.

Wahrlich, ein so närrisch Unglück
Macht mich lachen wider Willen,
Wahrest selbst nicht dein Geheimniß;
Und ein andrer soll es wahren?

Ich will nichts entschuldigt hören;
Nochmals will ich dir nur melden,
Daß du jezt zum leztenmale
Mich hier siehst, und ich dich spreche.

Also die verschämte Mohrin
Sprach zum stolzen Bencerrajen;
Sprach noch, da sie weg sich wandte:
„Wers so macht, wird so gelohnet!„

II.

Zaida's traurige Hochzeit.

Spanisch.

Auf ging schon der Stern des Abends,
Und die Sonne ging danieder,
Und die Nacht, des Tages Feindin,
Kam mit ihrem schwarzen Mantel:

Da ging aus mit ihr ein tapfrer
Mohr, der glich dem Rodomonte,
Aus Sidonja ging er zornig,
Eilt die Weja hin nach Xeres.

Voll Verzweiflung er da eilet,
Denn, troz seines edlen Stammes,
Hat ihn seine Braut verlassen,
Weil er ihr zu arm gedünket.

Und in dieser Nacht vermählet
Sie sich einem schlechten Mohren,
Weil er reich und in Sevilla
War Alcalde von Alcazar.

Schwere Seufzer aus dem Herzen
Thut er, über solch ein Unrecht:
Daß ringsum die Weja tönet,
Und die Echo mit ihm klaget:

Zaida sprich, o du, ergrimmter
Als das Meer, das Schiffe schlinget!
Härter du und unerbittlich,
Wie des Felsens Eingeweide.

Wie? Grausame, kannst du dulden,
Nach so viel erzeigter Liebe,
Daß mit Pfändern, die ja mein sind,
Sich ein Fremder damit zieret?

Ist es möglich, daß du Liebe
Annimmst von der rauhen Eiche,
Und läßst dein geliebtes Bäumchen
Stehen sonder Frucht und Blüthe.

Du verlässest einen Armen,
Der wohl reich ist, und erwählest
Einen Reichen, ha, wie dürftig!
Wenn du Seelenreichthum kenntest.

Du verlässest deinen edlen
Gazul und sechs Jahre Liebe;
Gibst die Hand dem Albenzaid,
Den du ja noch kaum erkennest!

Nun so geb' es Alla! Feindin,
Daß er dich, wenn du ihn liebest,
Tief verabscheu und du weinen,
Eifersüchtig müssest seufzen!

Daß im Bette du ihm Eckel,
Ihm am Tisch Verdruß erweckest,
Daß zu Nacht du keinen Schlummer,
Tages keine Ruhe kennest.

Daß bei Tänzen und bei Festen
Nie du deine Farben sehest!
Nicht den Schleier den du nähtest,
Nicht den Ermel, den du sticktest.

Daß er den von seiner Buhle,
Und mit ihres Namens Zuge,
Dir vor Augen trag', in Spielen
Dir auch zuzuschaun nicht gönne.

Nicht an Fenster, nicht an Pforte;
Damit dichs nur tiefer schmerze.
Und so haß ihn bis zum Tode,
Und genieß ihn viele Jahre.

Oder liebst du ihn, so müssest
Plözlich du ihn todt erblicken. —
Das ist doch wol alles Unglück,
So dir Männer wünschen können.
Das, geb Alla, müss' dich treffen
Stracks wenn du die Hand ihm reichest.

Mit den Flüchen, mit den Schwüren,
Kam er Mitternachts nach Xeres.
Fand den Pallast überdecket
Mit Geschrei und hellen Lichtern.

Und schon machten viele Diener
Plaz zum Zuge, liefen alle
Hie und da mit hellen Fackeln,
Alle reich in Livereien.

Dicht gerade vor den Bräutigam
Sezte Gazul sich in Bügel.
Mächtig stieß er seine Lanze,
Stieß die Brust ihm durch und durch.

Und der Plaz wird voller Aufruhr,
Und der Mohr zieht seinen Säbel,
Bahnet Weg sich hin durch alle,
Kehrt nach Medina zurück.

12.

Der Flug der Liebe.

Deutsch.

Wenn ich ein Vöglein wär,
Und auch zwey Flüglein hätt',
Flög ich zu dir;
Weil es aber nicht kann seyn,
Bleib ich allhier.

Bin ich gleich weit von dir,
Bin ich doch im Schlaf bey dir,
Und red' mit dir:
Wenn ich erwachen thu,
Bin ich allein.

Es vergeht keine Stund' in der Nacht,
Da mein Herze nicht erwacht,
Und an dich gedenkt,
Daß du mir viel tausendmal
Dein Herz geschenkt.

13.

Wiegenlied einer unglücklichen Mutter.

Schottisch.

Schlaf sanft, mein Kind, schlaf sanft und schön!
Mich dauerts sehr, dich weinen sehn,
  Und schläfst du sanft, bin ich so froh,
  Und wimmerst du — das schmerzt mich so!
Schlaf sanft, du kleines Mutterherz,
Dein Vater macht mir bittern Schmerz.
  Schlaf sanft, mein Kind, schlaf sanft und schön!
  Mich dauerts sehr, dich weinen sehn.

Dein Vater, als er zu mir trat,
Und süß, so süß um Liebe bat,
  Da kannt ich noch sein Truggesicht
  Noch seine süsse Falschheit nicht.
Nun, leider! seh ichs, seh ichs ein;
Wie nichts wir ihm nun beyde seyn.
  Schlaf sanft, mein Kind, schlaf sanft und schön!
  Mich dauerts sehr, dich weinen sehn.

Ruh sanft, mein Süsser, schlafe noch!
Und wenn du aufwachst, lächle doch,
Doch nicht, wie einst dein Vater that,
Der lächelnd mich so trogen hat.
Behüt dich Gott! — Doch machts mir Schmerz,
Daß du auch trägst sein G'sicht und Herz.
Schlaf sanft, mein Kind, schlaf sanft und schön!
Mich dauerts sehr, dich weinen sehn.

Was kann ich thun? Eins kann ich noch,
Ihn lieben will ich immer doch!
Wo er geh und steh nah und fern,
Mein Herz soll folgen ihm so gern.
In Wohl und Weh, wie's um ihn sey,
Mein Herz noch imm'r ihm wohne bei.
Schlaf sanft, mein Kind, schlaf sanft und schön!
Mich dauerts sehr, dich weinen sehn.

Nein, schöner, Kleiner, thu es nie;
Dein Herz zur Falschheit neige nie;
Sey treuer Liebe immer treu,
Verlaß sie nicht, zu wählen neu;
Dir gut und hold, verlaß sie nie —
Angstseufzer, schrecklich drücken sie!
Schlaf sanft, mein Kind, schlaf sanft und schön!
Mich dauerts sehr, dich weinen sehn!

Kind, seit dein Vater von mir wich,
Lieb ich statt deines Vaters dich!
Mein Kind und ich, wir wollen leben;
In Trübsal wird es Trost mir geben —
Mein Kind und ich, voll Seligkeit,
Vergessen Männergrausamkeit —
Schlaf sanft, mein Kind, schlaf sanft und schön!
Mich dauerts sehr, dich weinen sehn.

Leb wohl denn, falscher Jüngling, wohl!
Der je kein Mädchen täuschen soll!
  Ach jede, wünsch ich, seh' auf mich,
  Trau keinem Mann und hüte sich!
Wenn erst sie haben unser Herz,
Forthin machts ihnen keinen Schmerz —
  Schlaf sanft, mein Kind, schlaf sanft und schön!
  Mich dauerts sehr, dich weinen sehn.

14.
Heinrich und Kathrine.
Englisch.

Vor Zeiten war in Engelland
Lord Heinrich weltgepriesen;
Kein Ritter, der mehr Heldenthum
Und Freudigkeit bewiesen.
Nach Ruhm hinan ging stets sein Sinn;
Von Liebe nicht verführet;
Das schönste Fräulein hatte nie
Sein männlich Herz gerühret.

Wohin in aller Schönen Kreis
Kathrine trat, trat Wonne,
Blüht' auf, als wie die Rose süß,
Ging auf, als wie die Sonne.
Ob immer war ihr Stand gering,
Gewann doch sie nur Herzen;
Kein Jüngling sahe sie und sank
Nicht schon in Liebesschmerzen.

Doch bald verlor ihr Auge Schein
Und Klarheit. Ihre Wangen
Erblaßten. Ihrem Angesicht
War aller Reiz entgangen.
Sie siechte lang und nie vertraut
Sie Jemand ihren Kummer;
In Thränen floß ihr Tag dahin,
Die Nacht in kurzem Schlummer.

Einmal im Traume rief sie laut:
„Ach Heinrich, sieh mich leiden!
O hart Geschick! ich armes Kind
Muß liebeschmachtend scheiden.
Doch ach — ein armes Mädchen muß
Muß Wahrheit schon verstecken.
Viel lieber todt zehntausendmal,
Als meine Lieb' entdecken!„

Das hört die treue Wächterin;
Sie eilt zum jungen Helden,
„Ach, Herr! nun kann ich dir die Noth
Der kranken Freundin melden.
Ein Traum, ein Traum hat's offenbart,
Was sie so tief betrübet.
Ach! Katharine liegt und stirbt,
Stirbt nun — weil sie — dich liebet.„

Das traf des edlen Heinrichs Herz;
Schnell schlug es auf in Flammen!
„Ach armes unglückselig's Kind! —
Doch wer kann mich verdammen?
Wußt' ich, zu zu Bescheidene,
Was dir den Tod bereite?
Wohlan ich komm'!„ Und wie der Wind
Flog er an ihre Seite.

„Erwach, erwach Holdselige!
Erwache, meine Schöne!
Ach hätte mirs geahndet je —
Nicht Eine, Eine Thräne
Hättst du verweinet — Heinrich ruft!
Mistraue nicht, erwarme!
Steh auf, wach auf, vom Tode. Komm
Zurück in meine Arme!„

Da kam die Holdentschlafne noch
Einmal zurück ins Leben.
Hub matt ihr Haupt und lächelt sanft
Und wirft mit Freudebeben
Um ihren Langgeliebten sich
Entzückungsvoll! umfaßte
Den Jüngling. „Liebst du? liebst mich? mich?„—
Sank nieder und erblaßte.

17.

Das Mädchen am Ufer.

Englisch.

Die See war wild im Heulen
Der Sturm, er stöhnt mit Müh,
Da saß das Mädchen weinend,
Am harten Fels saß sie,
Weit über Meeres Brüllen
Warf Seufzer sie und Blick;
Nicht konnts ihr Seufzer stillen,
Der matt ihr kam zurück.

„Ein Jahr nun hin und drüber!
Ein Jahr voll bitterm Weh!
O warum gingst du, Lieber,
Und trautest dich der See?
Hör auf, hör auf zu toben,
O Sturm, und gönn' ihm Ruh!
Hier in der Brust das Toben,
Ach! wütet mehr als du.

Der Kaufmann Schäzegierig,
Verzweifelnd flucht er dir;
Was ist Verlieren Schäze,
Zu dem, was ich verlier'?
Und würfst du ihn auf Küsten
Von Gold und Demant schwer;
Ein' Reich're kann er finden,
Ein' Treu're nimmermehr."

So seufzend, weinend lag sie,
Erharrend ihn zu sehn.
In jeden Sturm floss Seufzen,
In jede Wog' eine Thrän';
Als schnell auf weissen Wellen
Ein blasser Leichnam schwamm,
Todt sank auf ihn das Mädchen,
Es war — ihr Bräutigam.

16.

Ulrich und Aennchen.

Deutsch.

Es ritt einst Ulrich spazieren aus,
Er ritt wohl vor lieb Aennchens Haus:
Lieb Aennch'n, willt mit in grünen Wald?
Ich will dir lernen den Vogelsang.

Sie giengen wohl mit einander fort;
Sie kamen an eine Hasel dort;
Sie kamen ein Fleckchen weiter hin:
Sie kamen auf eine Wiese grün.

Er führte sie ins grüne Gras,
Er bat, lieb Aennchen niedersaß,
Er legt' seinen Kopf in ihren Schoos,
Mit heissen Thränen sie ihn begoß.

„Ach Aennchen, liebes Aennchen mein,
Warum weinst du denn so sehr um ein'n?
Weinst irgend um deines Vaters Gut?
Oder weinest um dein junges Blut?

Oder bin ich dir nicht schön genug?„
„Ich weine nicht um meines Vaters Gut,
Ich wein auch nicht um mein junges Blut,
Und, Ulrich, bist mir auch schön genug.

Da droben auf jener Tannen,
Elf Jungfraun sah ich hangen.„
„Ach Aennchen, liebes Aennchen mein,
Wie bald sollst du die zwölfte seyn!„

„Soll ich denn nun die zwölfte seyn?
Ich bitt, ihr wollt mir drey Schrey verleihn.„
Den ersten Schrey und den sie that,
Sie rufte ihren Vater an.

Den andern Schrey und den sie that,
Sie ruft ihren lieben Herr Gott an.
Den dritten Schrey und den sie thal,
Sie ruft ihren jüngsten Bruder an.

Ihr Bruder saß beim rothen kühlen Wein,
Der Schall der fuhr zum Fenster hinein:
„Höret ihr, Brüder alle,
Meine Schwester schreit aus dem Walde.

Ach Ulrich, lieber Ulrich mein,
Wo hast du die jüngste Schwester mein?„
„Dort droben auf jener Linde,
Schwarzbraune Seide thut sie spinnen.„

„Warum sind deine Schuh so blutroth?„
— — — —
„Warum sollten sie nicht blutroth seyn?
Ich schoß ein Turteltäubelein.„

„Das Turteltäublein, das du erschoßt,
Das trug meine Mutter unter ihrer Brust.“

— — — —
— — — —

Lieb Aennchen kam ins tiefe Grab,
Schwager Ulrich auf das hohe Rad,
Um Aennchen sungen die Engelein,
Um Ulrich schrien die Raben klein.

17.

Die Herrlichkeit Granada's.

Spanisch.

Ein Gespräch König Juans und Abenamars.

Abenamar, Abenamar!
Mohr aus diesem Mohrenlande,
Jener Tag, der dich gebohren,
Hatte schöne grosse Zeichen:

An ihm stand das Meer in Ruhe,
Und der Mond, er war im Wachsen;
Mohr, wer unter solchen Zeichen
Ward gebohren, muß nicht lügen.

Drauf erwiederte der Mohr ihm:
(Wohl vernimm es, was er sagte!)
Nein, Sennor, ich lüge dir nicht,
Ob es mir das Leben koste.

Denn ich bin Sohn eines Mohren,
Und einer gefangnen Christin;
Und noch war ich Kind und Knabe,
Als die Mutter oft mir sagte:

Lügen, Sohn, das must du nimmer!
Lügen, Sohn, ist niederträchtig.
Um deswillen frage, König,
Und ich will dir Wahrheit reden.

„Habe Dank, Mohr Abenamar,
Daß du also höflich redest.
Was sind das für hohe Schlösser,
Die dort stehn und wiederglänzen?„

Dies, Sennor, ist der Alhambra, *)
Und das andre die Mesquita;
Jenes sind die Alijares,
Wunderenswürdig ausgeführet.

Und der Mohr, der auf sie führte,
Hatte Tags hundert Dublonen,
Aber wenn er nicht am Bau war,
Must' er Tages hundert zahlen.

Jenes ist der Gen'ralife, **)
Ist ein Garte sonder Gleichen.
Diese Thürme sind Bermejas,
Sind ein Schloß von grosser Veste.

*) Das Schloß der Mohrischen Könige. S. Pluͤers Reisebeschr., Ebelings Ausg. S. 322 u. f. Mesquita, die königliche Moschee.

**) Ein Lusthaus und Garten.

Da erwiedert König Juan:
(Wohl vernimm es, was er sagte!)
Wenn du es, Granada, wolltest,
Wollt' ich mich mit dir vermählen,
Gäbe dir zur Morgengabe
Mein Cordova und Sevilla.

„Bin vermählet, König Juan,
Bin vermählt und bin nicht Wittwe;
Mein Gemahl der Mohrenkönig,
Liebt mich, als sein grosses Gut.

18.

Abenamars unglückliche Liebe.

Spanisch.

In den Gärten Almeria
Lieget da Mohr Abenamar,
Sein Gesicht gekehrt zum Palast
Seiner Mohrin Galiana.

Statt des Kissens sein Albornos,
Seine Tartsche statt des Teppichs,
Seine Lanze längs dem Boden;
Viel ists, daß so liegt die Lanze.

Um den Sattelknopf geworfen
Hängt der Zaum; hinangeschlungen
Mit der Trense zwischen zweien
Linden geht sein Pferd und graset.

Er betrachtet eine blühnde
Mandel: traurig hangt die Blüthe,
Ist versengt vom scharfen Nordwind,
Der die Blüthen alle tödtet.

19.

Der Schiffer.

Schottisch.

Der König sizt in Dumferlingschloß,
Er trinkt blutrothen Wein,
„O wo treff ich ein'n Segler an,
Dies Schiff zu segeln mein?„

Auf und sprach ein alter Ritter,
(Saß rechts an Königs Knie)
„Sir Patrik Spence ist der beste Segler,
Im ganzen Land allhie.„

Der König schrieb ein'n breiten Brief
Versiegelt ihn mit seiner Hand,
Und sandt ihn zu Sir Patrik Spence,
Der wohnt an Meeres Strand.

Die Erste Zeil Sir Patrik las,
Laut Lachen schlug er auf;
Die zweite Zeil Sir Patrik las,
Eine Thrän' ihm folgte drauf.

O wer, wer hat mir das gethan?
Hat wehgethan mir sehr!
Mich auszusenden in dieser Zeit!
Zu segeln auf dem Meer.

Macht fort, macht fort, mein' wackre Leut,
Unser gut Schiff segelt morgen.
„O sprecht nicht so, mein lieber Herr,
Da sind wir sehr in Sorgen.

Gestern Abend sah ich den neuen Mond,
Ein Hof war um ihn her.
Ich fürcht', ich fürcht, mein lieber Herr,
Ein Sturm uns wartet schwer.„

O edle Schotten, sie wußten lang,
Zu wahr'n ihre Korkholzschu;
Doch lang überall das Spiel gespielt,
Schwammen ihre Hüte dazu.

O lang, lang mögen ihre Frauen sizen,
Den Fächer in ihrer Hand;
Eh je sie sehn Sir Patrik Spence
Ansegeln an das Land.

O lang, lang mögen ihre Frauen stehn
Den Goldkamm in dem Haar,
Und warten ihrer lieben Herr'n,
Sie sehn sie nimmer gar.

Dort über, hinüber nach Aberbour!
Tief Funfzig Fad'n im Meer,
Da liegt der gute Sir Patrik Spence,
Sein' Edlen um ihn her.

20.
Annchen von Tharau.

Aus dem Preußischen Plattdeutsch.

Annchen von Tharau ist, die mir gefällt;
Sie ist mein Leben, mein Gut und mein Geld.

Annchen von Tharau hat wieder ihr Herz
Auf mich gerichtet in Lieb' und in Schmerz.

Annchen von Tharau, mein Reichthum, mein Gut,
Du meine Seele, mein Fleisch und mein Blut!

Käm' alles Wetter gleich auf uns zu schlahn,
Wir sind gesinnet bei einander zu stahn.

Krankheit, Verfolgung, Betrübniß und Pein
Soll unsrer Liebe Verknotigung seyn.

Recht als ein Palmenbaum über sich steigt,
Je mehr ihn Hagel und Regen anficht;

So wird die Lieb' in uns mächtig und groß
Durch Kreuz, durch Leiden, durch allerlei Noth.

Würdest du gleich einmal von mir getrennt,
Lebtest, da wo man die Sonne kaum kennt;

Ich will dir folgen durch Wälder, durch Meer,
Durch Eis, durch Eisen, durch feindliches Heer.

Annchen von Tharau, mein Licht, meine Sonn,
Mein Leben schließ' ich um deines herum.

Was ich gebiete, wird von dir gethan,
Was ich verbiete, das läßt du mir stahn.

Was hat die Liebe doch für ein Bestand,
Wo nicht Ein Herz ist, Ein Mund, Eine Hand?

Wo man sich peiniget, zanket und schlägt,
Und gleich den Hunden und Kazen beträgt?

Annchen von Tharau, das woll'n wir nicht thun;
Du bist mein Täubchen, mein Schäfchen, mein
Huhn.

Was ich begehre, ist lieb dir und gut;
Ich laß den Rock dir, du läßt mir den Hut!

Dies ist uns Annchen die süsseste Ruh,
Ein Leib und Seele wird aus Ich und Du.

Dies macht das Leben zum himmlischen Reich,
Durch Zanken wird es der Hölle gleich.

21.

Die drey Fragen.

Ein Strassenlied.

Englisch.

Es war ein Ritter, er reist durchs Land,
Er sucht ein Weib sich aus zur Hand.

Er kam wohl vor ein'r Wittwe Thür,
Drei schöne Töchter trat'n herfür.

Der Ritter, er sah, er sah sie lang;
Zu wählen war ihm das Herz so bang.

Wer antwort't mir der Fragen drei,
Zu wissen, welch' die Meine sei?

„Leg vor, leg vor uns die Fragen drei,
Zu wissen, welch' die Deine sey?„

„O, was ist länger, als der Weg daher?
Oder was ist tiefer, als das tiefe Meer?

Oder was ist lauter, als das laute Horn?
Oder was ist schärfer, als der scharfe Dorn?

Oder was ist grüner, als grünes Gras?
Oder was ist schlimmer, als ein Weibsbild was?„

Die Erste, die Zweite sie sannen nach,
Die Dritte, die jüngste, die Schönste sprach:

„O Lieb ist länger, als der Weg daher,
Und Höll ist tiefer, als das tiefe Meer.

Und Donner ist lauter, als das laute Horn,
Und Hunger ist schärfer, als der scharfe Dorn.

Und Gift ist grüner als das grüne Gras,
Und der Teufel ist ärger, als ein Weibsbild was.„

Kaum hatt sie die Fragen beantwort't so,
Der Ritter, er eilt und wählt sie froh.

Die Erste, die Zweite, sie sannen nach,
Indeß ihn'n jezt ein Freier gebrach.

Drum liebe Mädchen seyd auf der Hut,
Frägt euch ein Freier, antwortet gut.

22.

Die Wiese.

Englisch.

Ich ging einst einen Frühlingstag,
Wo alles schön und lustig lag,
Kam an ein einsam Sommerhaus,
Ein liebes Mädchen trat heraus,
Und weint' und ging und sang betrübt:
„Ach, wer hat je, wie ich, geliebt!„

Sie ging die Wiese still umher,
Und rang die Hand und seufzte schwer;
Dann pflückte sie ein Blümchen ab,
Wie's hie und da die Wiese gab,
Maasliebchen, klein' Vergiß mein nicht,
Und seufzte: „ach er liebt mich nicht!„

Sie band die Blumen in ein Bund,
Weint' noch einmal aus Herzensgrund:
„Vergiß mein nicht! hier bind ich dich,
Für wen? — Maasliebchen, schaust auf mich,
Weinst um mich! — Ja, ich bin betrübt;
Er hat mich nicht, wie ich ihn geliebt.„

Nun hatt' sie Busen voll und Schoos,
Und ach! nun ward ihr Schmerz zu groß;
Sie goß die liebe Bürd' hinab;
Liegt, sprach sie, seyd mein sanftes Grab!
Und sank dahin — ein stilles Ach
Voll Lieb' und Leid ihr Herz zerbrach.

23.

Röschen und Kolin.

Englisch.

Habt ihr gesehn eine Lilie,
Die sinkt in Regenzeit?
Ach so schwand Röschen hin, sie schwand
Vor Liebesherzeleid.

Als dreimal in der dunkeln Nacht
Die Todtenglocke klang,
Dreimal die Eul' ans Fenster schlug,
Und: „Mit! Komm mit!„ ihr sang;

Das liebe Mädchen wußte wohl,
Zu wohl, daß ihr das gilt;
Die Schwestern saßen rings umher,
Und graus'ten eingehüllt.

„Ich hör' ein' Stimm', ihr hört sie nicht,
Die spricht: Komm mit mir fort!
Ich seh ein' Hand, ihr seht sie nicht,
Die winkt mir, winkt mir dort!

So wißt es denn, ein treulos Herz,
Ein Bräutgam tödtet mich.
Kann ich dafür, daß seine Braut
Hat dreimal mehr als ich?

O Kolin, gib ihr nicht dein Ja!
Dies Ja ist längst schon mein.
Und du, o Braut, nimm nicht den Kuß!
Der Kuß, er ist nicht dein.

Ihr schickt euch an zum Hochzeitfest,
Geht morgen zum Altar;
Du armes Mädchen, falscher Mann,
Auch Röschen ist alldar!

Ihr Brüder, morgen tragt ihr mich,
Tragt mich an seiner Seit';
Er zieht, geschmückt als Bräutigam,
Mich schmückt ein Leichenkleid.„

Sie sprach's und starb. Man trug den Sarg,
Trug ihn an seiner Seit';
Er zog, geschmückt als Bräutigam,
Sie schmückt ein Leichenkleid.

Ach Bräutigam, wie war dir da?
Wie war dir da, o Braut?
Der Brautreihn flog um Röschens-Sarg,
Das ganze Dorf weint laut.

Verwirrung, Angst den Bräutgam faßt,
Verzweiflung fasset ihn;
Schon dunkelt Tod auf seiner Stirn,
Er ächzt und sinket hin.

Und ach! du Braut, nun Braut nicht mehr,
Wo ist dein Hochzeitrath?
Sieh seine erste Liebe da,
Sieh deinen Bräutgam todt!

Die Nachbarn-Schäfer legten ihn
In seines Röschens Gruft;
Da liegt er nun, Ein Staub mit ihr,
Bis Gottes Stimme ruft.

Und oft geht noch ans heil'ge Grab
Ein treuverlobtes Paar,
Und binden Liebesknoten sich,
Und bringen Kränze dar.

Du aber, Falscher, sey gewarnt,
Und nah dich nicht herzu,
Gedenk an Kolin, fleuch und stör'
Ihn nicht aus seiner Ruh.

24.

Die lustige Hochzeit.

Ein Wendisches Spottlied.

Wer soll Braut seyn?
Eule soll Braut seyn.
Die Eule sprach
Zu ihnen hinwieder, den Beiden:
Ich bin ein sehr greßlich Ding,
Kann nicht die Braut seyn;
Ich kann nicht die Braut seyn!

Wer soll Bräutigam seyn?
Zaunkönig soll Bräutigam seyn.
Zaunkönig sprach
Zu ihnen hinwieder, den Beiden:
Ich bin ein sehr kleiner Kerl,
Kann nicht Bräutigam seyn!
Ich kann nicht der Bräutigam seyn!

Wer soll Brautführer seyn?
Krähe soll Brautführer seyn.
Die Krähe sprach
Zu ihnen hinwieder, den Beiden:
Ich bin ein sehr schwarzer Kerl,
Kann nicht Brautführer seyn;
Ich kann nicht Brautführer seyn!

Wer soll Koch seyn?
Wolf soll der Koch seyn.
Der Wolf, der sprach
Zu ihnen hinwieder, den Beiden:
Ich bin ein sehr tückscher Kerl,
Kann nicht Koch seyn;
Ich kann nicht der Koch seyn!

Wer soll Einschenker seyn?
Hase soll Einschenker seyn.
Der Hase sprach
Zu ihnen hinwieder, den Beiden!

Ich bin ein sehr schneller Kerl,
Kann nicht Einschenker seyn;
Ich kann nicht Einschenker seyn!

Wer soll Spielmann seyn?
Storch soll Spielmann seyn.
Der Storch, der sprach
Zu ihnen hinwieder, den Beiden:
Ich hab ein'n grossen Schnab'l,
Kann nicht wohl Spielmann seyn;
Ich kann nicht Spielmann seyn!

Wer soll der Tisch seyn?
Fuchs soll der Tisch seyn.
Der Fuchs, der sprach
Zu ihnen hinwieder, den Beiden:
Schlagt von einander meinen Schwanz,
So wird er euer Tisch seyn;
So wird er euer Tisch seyn!

Zweites Buch.

I.

Das Mädchen und die Haselstaude.

Deutsch.

Es wollt ein Mädchen Rosenbrechen gehn
Wohl in die grüne Heide.
Was fand sie da am Wege stehn?
Eine Hasel, die war grüne.

„Guten Tag, guten Tag, liebe Hasel mein,
Warum bist du so grüne?„
„Hab Dank, hab Dank, wackres Mägdelein,
Warum bist du so schöne?„

„Warum daß ich so schöne bin,
Das will ich dir wohl sagen:
Ich eß weiß Brod, trink kühlen Wein,
Davon bin ich so schöne.„

„Ißt du weiß Brod, trinkst kühlen Wein,
Und bist davon so schöne:
So fällt alle Morgen kühler Thau auf mich,
Davon bin ich so grüne.„

„So fällt alle Morgen kühler Thau auf dich,
Und bist davon so grüne?
Wenn aber ein Mädchen ihren Kranz verliert,
Nimmer kriegt sie ihn wieder.„

„Wenn aber ein Mädchen ihren Kranz will behalten,
Zu Hause muß sie bleiben,
Darf nicht auf alle Narrentänz' gehn;
Die Narrentänz' muß sie meiden.„

„Hab Dank, hab Dank, liebe Hasel mein,
Daß du mir das gesaget,
Hätt' mich sonst heut auf'n Narrentanz bereit,
Zu Hause will ich bleiben.„

2.

Lied des Mädchens um ihren Garten.

Litthauisch.

Auf, singe, Mädchen,
Nicht! O, warum nicht?
O, warum aufgestützet?
Dein Arm wird dir ersterben.

Wie kann ich singen,
Und frölich werden?
Mein Gärtlein ist verwüstet,
Ach, jämmerlich verwüstet!

Rauten zertreten,
Rosen geraubet,
Die Liljen welk, zerknicket,
Der Thau gar abgewischet!

O weh, da konnt' ich
Mich selbst kaum halten,
Sank hin im Rautengärtlein
Mit meinem braunen Kranze.

3.

Lied des jungen Reuters.

Litthauisch.

Mit frühem Morgen
Sey schon mein Pferd gefüttert.
So bald's nur taget,
Mit Sonnenaufgang
Muß ich von hinnen reiten.

Da steht mein Vater,
Da mir zur Seite steht er
Der alte Vater,
Drängt sich an meine Seite.
Er steht mit mir zu sprechen;
Er spricht, mich zu ermahnen,
Und mich ermahnend weint er.

Still, weine nicht, mein Vater!
Still, weine nicht, mein Alter!
So frisch ich weggetrabet,
So frisch trab' ich zurücke,
Um dich nur nicht zu kränken.

Ei, mein Hengstchen,
Ei, mein Brauner,
Wohin streichst du?
Wohin schnaubst du?
Wohin wirst mich tragen?

Ei in Krieg hin!
Hin in fremde Lande!
Dahin streichst du,
Dahin wirst mich tragen.

Wird dir zu sauer
Die weite Strasse?
Wird zu schwer dir
Dieser Sack mit Haber?
Oder dieser junge Reuter
In dieser Reuters-Livrei,
Mit dem blanken Säbel?

Ja zu sauer
Wird der lange Weg mir,
Und diese Nacht, stockfinster,
Und diese grüne Heide,
Und dieser schwarze Morast — — —

4.
Der unglückliche Weidenbaum.

Litthauisch.

Ei, mein Pferd, mein Pferdchen,
Du, mein lieber Brauner,
Du, warum nicht fressen
Reinen, schönen Haber?

Wird dir wohl zu sauer
Diese weite Reise,
Diese weite Reise,
Zweimalhundert Meilen?

Neun Gewässer sind wir
Schwimmend durchgeschwommen;
Noch in diesen zehnten
Laß hinein uns tauchen!

Pferdchen schwamm ans Ufer,
Bruderchen sank unter,
Bruder hielt im sinken
Einen Weidbaum feste.

Ei du Weidbaum, Weidbaum,
Stehst du noch und grünest?
Sollst nicht länger grünen
Als den Sommer über.

Ja, ich will dich fällen,
Deine Zweige kappen,
Will aus deinem Stamme
Bretter schneiden lassen,
Kleine weisse Bretter.

Davon will ich bauen
Kleine weisse Wiege
Für mein junges Mädchen;
Und aus deinen Aesten
Will ich diehlen lassen
Meiner Pferde Schauer.

5.

Vom verwundeten Knaben.

Deutsch.

Es wollt ein Mädchen früh aufstehn,
Und in den grünen Wald spazieren gehn.

Und als sie nun in den grünen Wald kam,
Da fand sie einen verwundeten Knab'n.

Der Knab, der war von Blut so roth,
Und als sie sich verwand, war er schon todt.

Wo krieg ich nun zwei Leidfräulein,
Die mein feines Liebchen zu Grabe wein'n?

Wo krieg' ich nun sechs Reuterknab'n,
Die mein feins Liebchen zu Grabe trag'n?

Wie lang soll ich denn trauren gehn?
Bis alle Wasser zusammen gehn?

Ja alle Wasser gehn nicht zusamm'n,
So wird mein Trauren kein Ende han.

6.

Die Judentochter.

Schottisch.

Der Regen, er rinnt durch Mirrilandstadt,
Rinnt ab und nieden den Po!
So thun die Knaben in Mirrilandstadt,
Zum Ballspiel rennen sie so.

Da 'naus und kam die Judentochter,
Sprach: willt du nicht kommen hinein?
„Ich will nicht kommen, ich kann nicht kommen
Von allen Gespielen mein.„

Sie schält einen Apfel, war und roth weiß,
Zu locken den Knaben hinan.
Sie schält einen Apfel, war weiß und roth,
Das süsse Kind der gewann.

Und aus und zog sie ein spitzig Messer,
Sie hatt's versteckt beiher;
Sie stachs dem jungen Knaben ins Herz,
Kein Wort sprach nimmer er mehr.

Und aus und kam das dick dick Blut,
Und aus und kam es so dünn,
Und aus und kam 's Kinds Herzensblut;
Da war kein Leben mehr in.

Sie legt' ihn auf ein Schlachtbrett hin,
Schlacht't ihn ein Christenschwein,
Sprach lachend: „geh und spiele nun da
Mit allen Gespielen dein!„

Sie rollt ihn in ein'n Kasten Blei;
„Nun schlaf da!„ lachend sie rief;
Sie warf ihn in ein'n tiefen Brunn,
War funfzig Faden tief.

Als Betglock klang und die Nacht eindrang,
Jede Mutter nun kam daheim;
Jede Mutter hatt' ihren herzlieben Sohn,
Nur Mutter Anne hatt kein'n.

Sie rollt ihren Mantel um sich her,
Fing an zu weinen sehr,
Sie rann so schnell ins Juden Castell,
Wo keiner, ach! wachte mehr:

„Mein liebster Hänne, mein guter Hänne,
Wo bist du? antwort mir!„
„O Mutter, o rennt zum Ziehbrunn tief,
Euren Sohn da findet ihr!„

Mutter Anne rann zum tiefen Brunn,
Sie fiel danieder aufs Knie!
„Mein liebster Hänne, mein guter Hänne,
O antwort, bist du hier?„

„Der Brunn ist wunder tief, o Mutter,
Der Bleikast wunder schwer;
Ein scharf, spiz Messer geht durch mein Herz;
Kein Wort sprech nimmer ich mehr.

Geh heim, geh heim, mein' Mutter theur,
Mach' mir mein Leichenkleid,
Daheim da hinter Mittlandstadt
Komm' ich an eure Seit'."

7.

Wilhelm und Margreth.

Ein Mährchen.

Schottisch.

Es traf sich an ein'm Sommertag,
Zwei Liebende sassen drauss'n;
Sie sassen zusammen den langen Tag,
Und sprachen sich noch nicht aus.

Ich seh kein Leid an dir, Margreth,
Du wirsts an mir nicht sehn;
Vor elf Uhr Morgens wird vor dir
Ein' reiche Hochzeit gehn.

Schön Gretchen saß am Fenster daheim,
Und kämmt ihr goldnes Haar,
Als sie lieb: Will'm und seine Braut
Anreitend ward gewahr.

Dann legt sie nieder ihren beinen Kamm,
Und flocht ihr Haar in Zweyn,
Sie ging wohl lebend aus ihrem Haus,
Kam nimmer lebend hinein.

Als Tag war um und die Nacht war da,
Und alles schlafen thät,
Da kam der Geist der schön'n Margreth,
Und stand an Wilhelms Bett.

„Wachst du noch, süsser Wilhelm, sprach sie,
Lieb Wilhelm, oder schläfst?
Gott geb dir Glück zum Brautbett dein,
Und mir zur Leichenstätt!„

Als Nacht war um und der Tag brach an,
Und aufwacht Herr und Knecht,
Der Bräutgam zu sein'r Lieben sprach:
„Ach, Schaz, ich weinen möcht.

Ich träumt ein'n Traum, mein liebes Weib,
So träum'n ist nimmer gut;
Ich träumt' mein Haus voll rothem Vieh,
Mein Brautbett voll von Blut.„

„So ein Traum, so ein Traum, mein herzer Herr,
So träum'n ist nimmer gut;
Zu träum'n das Haus voll rothem Vieh,
Das Brautbett voll von Blut.„

Auf rief er all seine wackre Leut,
Bei Eins und Zwei und Drey'n,
Sprach: „ich muß hin zu Margreths Haus,
Du läßt mich, Liebe mein!„

Und als er kam vor Margreths Haus,
Er zog wohl an die Klink';
Und wer so schnell, als ihre sieben Brüder,
Zu lassen Wilhelm in?

Dann hob er auf das Leichentuch:
„Bitt', laßt mich sehn die Leich',
Mich dünkt, ihr liebes Roth ist weg,
Mich dünkt, sie sieht so bleich.

Ich will, lieb Gretchen, um dich thun,
Was keiner thut um dich,
Will küssen deine Lippen blaß,
Nicht lächelnd mehr auf mich."

Einsprachen da die sieben Brüder,
Gar traurig sprachen sie drein:
„Ihr mögt gehn küssen eure junge Braut,
Lass'n unsre Schwester allein!"

„Und küss' ich denn meine junge Braut,
Thu ich nur meine Pflicht.
Der armen Leiche gelobt ich nie,
Zu Tag und Abend nicht!

Nun theilt, nun theilt, meine wackre Leut,
Theilt aus euch Kuch'n und Wein!
Was heut ihr theilt auf Gretchens Tag,
Soll morg'n auf meinen seyn!

Schön Gretchen starb heut; starb sie heut,
So stirbt ihr Wilhelm morgen!„
Schön Gretchen starb aus treuer Lieb',
Lieb Wilhelm starb für Sorgen.

Schön Gretchen begrub man unten am Chor;
Lieb Wilhelm oben hinten.
Aus ihrer Brust eine Ros' entsprang;
Aus seiner entsprang eine Linde.

Sie wuchsen hinan, zum Kirchdach hinan,
Da konnten sie nicht höh'r;
Da schlangen sie sich zum Liebesknoten,
Und jeden wunderts sehr.

Da kam der Küster der Kirch' allda,
(Ich sag euch, was geschah!)
Unglücklich hieb er sie beid' hinab,
Sonst stünden sie jezt noch da.

8.

Ein Gesang von Milos Cobilich und Vuko Brankowich.

Morlackisch.

Schön zu schauen sind die rothen Rosen
In dem weissen Pallast des Lazaro:
Welche sey die schönste und die liebste,
Und die holdeste, kann niemand sagen.

Rosen sinds nicht, sind nicht rothe Rosen,
Sind die schönen Töchter des Lazaro,
Des Gebieters über Servjas Ebnen,
Von den alten Banen ihm vererbet.

Wohl vermählet hat er seine Töchter
Wohl an grosse Herren. Vukossava

Gab er Milos Cobilich, und Mara
Vuko Brankowich; ein Czar, der tapfre
Bajazet bekam Miliza; aber
Nicht so ferne ging zu ihrem Manne
Jelina, die Braut des edlen Feldherrn,
Des Juria Czarnowich in Zenta.

Kurze Zeit war hin. Drei Schwestern kamen
Ihre liebe Mutter zu besuchen,
Nur Miliza, die Czarinn, kam nicht,
Denn Czar Bajazet hätt's ihr verboten.

Alle gaben freundlich um die Wette
Sich die ersten Grüsse; aber schleunig
Glimmet Zwietracht unter ihnen, jede
Fänget ihren Ehherrn an zu loben
In dem weissen Pallast des Lazaro.

Zellna begann zu rühmen: „Fürstin,
Einen stolzern Mann hat keine Mutter
Je gebohren, als meinen Juria.„
Brankowich Gemahlin: „einen grössern
Mächtigern, berühmtern, als mein Vuko,
Hatte keine Mutter.„ Und die Gattin
Cobilichs, die stolze Vukossava,
Lachte laut und sprach zu ihren Schwestern:
„Höret endlich auf, ihr armen Weiber!
Pralet mir nicht mehr von eurem Vuko,
Der an Ruhme nur ein armer Held ist,
Lobet mir nicht mehr Juria, der ja
Weder groß ist, noch von grossen Ahnen.
Aber rühmt mit mir den edlen Milos,
Von Neu-Pazar, der ein stolzer Krieger
Selbst ist und von stolzer Krieger Blute
Aus Erzegovina.„ Da entbrannte
Die Gemahlin Vukos auf die Rede
Ihrer Schwester, hub von Zorne trunken
Ihren stolzen Arm und schlug die Schwester.

Leichte war der Schlag nur, aber Tropfen
Bluts entflossen Vukossava's Nase;
Auf die Füsse sprang die junge Gattin,
Kehrte weinend heim zu ihrem Pallast,
Klagte schluchzend, weinend ihrem Milos,
Also klagte sie mit leiser Stimme:

„O mein liebster Herr, wenn du es wüstest,
Was die freche Brankowich geredt hat,
Sagt, du seyest nicht von edlem Blute,
Noch daß je es deine Väter waren.
Seyst ein faules Aas, und faulen Aases
Sey dein Ursprung. Ist so kühn, zu plaudern,
Daß mit Vuko, ihrem Herren, du dich
In das Feld zu wagen, zu dem Zweikampf
Nicht erkühnest, denn es sey ja deine
Rechte schwach und kraftlos.„ Ha, das stach ihm
In der Seele. Auf die tapfern Füsse
Sprang er zornig, sattelt schnell sein Roß ihm
Aus zum Zweikampf, rief mit lauter Stimme
Zu sich Vuko Brankowich: „Freund Vuko

Brankowich, wann deiner Mutter Ehre
Dir noch lieb ist, aus zum tapfern Zweikampf,
Daß es nun erscheine, wer von Beiden
Sey der Stärkre." Nichts war Vuko übrig,
Als sein Roß zum Zweikampf auch zu satteln.

Beide reiten, suchen eine Ebne
Die zum Streite gut ist, und nun rennen
Sie mit Kriegeslanzen auf einander,
Stossen mächtig zu; die Lanzen brechen
Wohl in tausend Splitter. Und sie ziehen
Ihre Säbel, wohl in tausend Stücken
Fliegen durch die Luft die scharfen Säbel.
Gehn mit mächtgen Kolben auf einander,
Und von der und jener springt der Knopf ab.
Endlich bleibt das Glück auf Milos Seite,
Er reißt Vuko Brankowich vom Pferde,
Strecket ihn zu Boden und spricht also:

Wohl nun, Vuko Brankowich, nun rühme,
Prale nun zu andern, daß mit dir, ich
Keinen Zweikampf wage. Wenn ich wollte,
Könnt' ich jezt dich tödten und dein Weib in
Schwarzen Kleidern eine Wittwe sehen,
Aber geh und lerne, künftig nimmer
Mehr zu pralen.

Nicht gar lange währets,
Und die Türken stürzten ein in Servien.
Sultan Amurath verheerte zornig
Und verbrannte Land und Städte. Anders
Blieb Lazaro nichts. Von allen Seiten
Sammlet er sein Heer und rufet zu sich
Vuko Brankowich und Krieger Milos.

Sassen alle an der reichen Tafel
Alle Kriegesführer. Wohl getrunken
Hatten sie im Kreise und Lazaro
König Serviens, begann nun also:

O berühmte Banen, tapfre Grafen!
Höret mich. Wir rücken morgen frühe
Aus zur Schlacht der Türken. Erster Feldherr
Dem wir alle folgen, sey uns Milos.
Er ist tapfer nach dem Rufe aller,
Vor ihm zittern Servier und Türken,
Er sey erster Feldherr, nach ihm folge
Vuko Brankowich, nach ihm der Zweite.

Hoher Zorn stieg auf in Vuko's Seele:
Denn sein Herz, es haßt den tapfern Milos.
Auf die Seite ziehet er Lazaro,
Redet leise zu ihm: „Lieber Vater,
Weissest nicht, daß du dein Heer zum Tode
Hast versammlet: Milos wirds verrathen.
Er ist für die Türken; im Geheimen
Würkt er treulos immer auf ihr Bestes.„

Tief verstummt Lazaro, sizet schweigend
In Gedanken. Und beim Abendmale

Da ringsum die Führer alle sassen,
Faßt er mit der Hand den goldnen Becher,
Und spricht weinend also: Trinken will ich
Nicht des Czars Gesundheit, nicht des Kaisers;
Meines undankbaren Schwiegersohnes
Milos, der mich zu verrathen denket. — —

Milos schwur ihm bei dem höchsten Gotte,
Daß Verrath ihm nie ins Herz gekommen,
Sprang voll Schmerz auf seine tapfern Füsse,
Barg sich ein in seine weisse Zelte,
Und vergoß da einen Strom von Thränen
Bis um Mitternacht. Da hob er auf sich,
Rief zu Hülfe sich den Gott vom Himmel.

Morgen graute und der Stern des Morgens
Zeigt sein helles Antlitz. Da legt Milos
Rüstung an sein Pferd und zu den Türken!
Spricht zu Sultans Wache: „führet schnell mich
In das Zelt von eurem Czar; ich komme,
Ihm das Heer von Servjen und den König
Lebend in die Hand zu geben.„

Und es
Glaubete die Wache Milos Worten,
Führte ihn zum Sultan. Milos beuget
Seine Knie auf die schwarze Erde,
Küßt dem Czar die Rechte und den Mantel;
Und ein Messer hatt' er fertig, stach es
Amurath in seine Brust. Der Stich ging
Ihm ins Herz. Er zieht den Säbel, wütet
Schrecklich unter Bacha's und Visiren.

Aber endlich ward das Glück ihm unhold,
Fiel zerhackt in tausend Stücke nieder,
Ueber seinen Säbel. Habe dessen
Rechten Lohn dir, Vuko du Verläumder!

9.

Dusle und Babele.

Ein Schweizerliedchen.

Es hätt' e' Buur e' Töchterli,
Mit Name hieß es Babeli,
Es hätt' e' paar Zöpfle, sie sind wie Gold,
Drum ist ihm auch der Dusle hold.

Der Dusle lief dem Vater na':
„O Vater, wollt ihr mir 's Babele lahn?„
„Das Babele ist noch viel zu klein;
Es schläft dies Jahr noch wohl allein.„

Der Dusle lief in einer Stund',
Lief abe bis gen Solothurn,
Er lief die Stadt wohl uf und ab,
Bis er zum öbersten Hauptmann kam;

„O Hauptmann, lieber Hauptmann mi',
J' will mi' dingen in Flandern 'ni'!„
Der Hauptmann zog die Seckelschnur,
Gab dem Dusle drey Thaler drus.

Der Dusle lief wohl wieder heim,
Heim zu si'n'm liebe Babelein:
„O Babele, liebes Babele mi',
Jezt hab i' mi' dungen in Flandern 'ni'!„

Das Babele lief wohl hinters Huus,
Es grient ihm schier sin' Aeugele uus:
„O Babele, thu doch nit so sehr,
J' will ja wieder kommen zu dir!

Und komm i' übers Jahr nit heim,
So will i' dir schreiben e' Briefelein,
Darinnen soll geschrieben stahn:
J' will min Babele nit verlahn!„

10.

O Weh, o Weh.

Schottisch.

O weh! o weh, hinab ins Thal,
Und weh, und weh den Berg hinan!
Und weh, weh, jenen Hügel dort,
Wo er und ich zusammen kam!
Ich lehnt' mich an ein'n Eichenstamm,
Und glaubt', ein treuer Baum es sey,
Der Stamm gab nach, der Ast, der brach;
So mein Treulieb' ist ohne Treu.

O weh, weh, wann die Lieb ist wonnig
Ein' Weile nur, weil sie ist neu!
Wird sie erst alt, so wird sie kalt,
Und ist wie Morgenthau vorbei.

O wofür kämm' ich nun mein Haar?
Od'r wofür schmück' ich nun mein Haupt?
Mein Lieb hat mich verlassen,
Hat mir sein Herz geraubt!

Nun Arthurs-Siz *) soll seyn mein Bett,
Kein Kissen mehr mir Ruhe seyn!
Sankt Antons-Brunn soll seyn mein Trank,
Seit mein Treulieb ist nicht mehr mein!
Martinmeßwind, wann willt du wehn,
Und wehen's Laub von'n Bäumen her?
Und, lieber Tod, wann willt du komm'n?
Denn ach! mein Leben ist mir schwer.

'S ist nicht der Frost, der grausam sticht,
Noch wehnden Schnees Unfreundlichkeit,
'S ist nicht die Kält', die macht mich schreyn,
'S ist seine kalte Härtigkeit.

*) Ein romantischer Hügel in Schottland.

Ach, als wir kam'n in Glasgostadt,
Wie wurden wir da angeschaut!
Mein Bräutigam gekleid't in Blau,
Und ich in Rosenroth, die Braut.

Hätt' ich gewußt, bevor ich küßt',
Daß Liebe bringet den Gewinn,
Hätt' eingeschloss'n in Goldenschrein
Mein Herz, und 's fest versiegelt drinn.
O! o, wär nur mein Knäblein da,
Und säß auf seiner Amme Knie,
Und ich wär todt, und wär hinweg,
Denn was ich war, werd' ich doch nie!

11.

Wend', o wende diesen Blick.

Aus Shakespear.

Wend', o wende diesen Blick,
Denn Aurora dämmert nur!
Und die Lippe zeuch zurück,
Voll so süssem falschen Schwur;
Meine Treu nur, hier, ach! hier
Vestgeküßte, gib wieder mir!

Hüll, o hüll den Busen zart,
Wo auf Hügeln Schnee und kalt
Knöspchen blühn — ach! jener Art,
Wie April sie niederwallt.
Armes Herz! in Eises Schoos
Liegt es hier; ach, gib es los!

12.

Morgengesang.

Aus Shakespear.

Horch, horch die Lerch' am Himm'lsthor singt;
Die liebe Sonn wacht auf!
Von allen Blumenkelchen trinkt
Sie schon ihr Opfer auf.
Das Hochzeitknöspchen freundlich winkt,
Und thut sein' Aeuglein auf;
Was hold und lieb ist, lieblich blinkt,
Auf, schönes Kind, wach auf,
Wach auf, wach auf!

13.
Einige Zauberlieder.
Aus Shakespears Sturm.

(Der Sturm hat das Schif zertrümmert: alles scheint untergegangen: der entkommene Prinz Ferdinand sizt am Ufer: Ariel läst sich unsichtbar singend und spielend hören:)

Komm hinan den gelben Sand,
Dann wechsle Hand!
Hast geliebt du und geküst,
Sanft die Woge ist:
Wandl' umher und komm hervor!
Geisterchen, ihr singt im Chor:

Chor der Geister zerstreut.

Horch, horch, Wau — Wau!
Der Wachhund bellt — Wau — Wau!

Ariel.

Horch, horch, ich hör'
Der Hahn kräht; munter krähet er:
Kriki!

Ferdinand.

Wo sollte die Musik doch seyn? in der Luft?
auf Erden? — Und sie schweigt! Gewiß sie dient
ein'm Gotte dieser Insel. Ich saß da,
auf einer Sandbank, weinete ins Meer
zum König, mein'm ertrunknen Vater — da
schlich auf dem Wasser sie heran, mir bei,
und Meeres Wut, und Toben meiner Brust
ward stille mit dem süssen Sange. Da
zog sie mich fort, ich muste folgen, und
nun schweigt sie! — nun beginnt sie wieder: —

Ariel singt:

Fünf Faden tief der Vater dein
Liegt; sein Auge Perle ward,

Zu Korallen sein Gebein
Liegt im Meeresgrund' erstarrt;
Unversehret, reich und schön
Ist er verwandelt da zu sehn,
Stund' auf Stunde läuten ihm
Nymphen die Todtenglock' — ich hör sie —
Bim!

Chor.

Bim! Bim!

Ferdinand.

Es denkt an mein'n ertrunknen Vater. Nein,
das ist nicht Menschenwerk, kein Erdenton! —
Nun hör' ichs droben mir —

Prospero.

Zieh, Tochter, auf
die weinend zugezognen Augenlieder!
Was siehst du dort?

Miranda.

Was ists? ein Geist?
Gott, wie blickts vor sich hin! o glaubt mir, Herr,
es ist ein schönes Wesen — Ab'r ein Geist! —

Prospero.

Nein, Kind, es ißt und schläft und hat so Sinne
wie wir, grad so. Der Art'ge, den du siehst,
war auch im Schifbruch, und hätt' ihm nicht Gram,
(Gram ist der Krebs der Schönheit) seine Wange
gebleicht, du könnerst schön ihn nennen. Er hat
verloren seine Kammeraden und sucht sie. —

Miranda.

Ich möcht' ihn göttlich nennen; denn fürwahr,
nichts sah ich in der Natur so Edles.

Prospero.

Wohl!
Das geht, wie ichs anlegte. — (zu Ariel:) Feiner Geist,
dafür sollst du auch in zwei Tagen frei seyn.

Ferdinand erblickt Miranda:

Gewiß die Göttin dieser Insel, die
die Musik ankündigte. Erlaube — du —
darf ichs erflehn zu wissen — wohnest du
auf dieser Insel, und wie soll ich mich
verhalten hier? — und meine Erste Frage
bring' ich zulezt hervor: o Wunder! Du!
Bist du geschaffen, oder nicht?

Miranda.

Kein Wunder!
Ein Mädchen bin ich, Herr.

Ferdinand.

Gott! meine Sprache!
ich bin der Glücklichste, der je sie sprach. u. s.

Prospero bei der Auflösung:

Einst war ich Mailand. Hurtig, lieber Geist,
und du sollt frei seyn!

Ariel kleidet ihn an und singt:

Wo die Biene saugt, saug' ich,
Lagr' im Schlüsselblümchen mich,
Schlüpf hinein, wenn die Eulen schreyn,
Flattr' auf Fled'rmausschwingen fein.
Immer im Frühling, fröliglich,
Frölich, o frölich kann ich nun leb'n,
Unter den Blüthen der Zweige schweb'n.

— — Mein wackrer Ariel! Ich werd' dich missen,
Doch sollt du frei seyn u. s. f.

14.

Elvershöh.

Ein Zauberlied.

Dänisch.

Ich legte mein Haupt auf Elvershöh,
Mein' Augen begannen zu sinken,
Da kamen gegangen zwo Jungfraun schön,
Die thäten mir lieblich winken.

Die Eine, sie strich mein weisses Kinn,
Die zweite lispelt ins Ohr mir:
Steh auf, du muntrer Jüngling! auf!
Erheb', erhebe den Tanz hier!

Steh auf, du muntrer Jüngling, auf!
Erheb', erhebe den Tanz hier!
Meine Jungfraun sollen dir Lieder singen,
Die schönsten Lieder zu hören.

Die Eine begann zu singen ein Lied,
Die Schönste aller Schönen;
Der brausende Strom, er floß nicht mehr,
Und horcht den süssen Tönen.

Der brausende Strom, er floß nicht mehr,
Stand still und horchte fühlend,
Die Fischlein schwammen in heller Fluth,
Mit ihren Feinden spielend.

Die Fischlein all' in heller Fluth,
Sie scherzten auf und nieder,
Die Vöglein all' im grünen Wald,
Sie hüpften, zirpten Lieder.

„Hör an, du muntrer Jüngling, hör an,
Willst du hier bei uns bleiben?
Wir wollen dich lehren das Runenbuch,
Und Zaubereien schreiben.

Ich will dich lehren, den wilden Bär
Zu binden mit Wort und Zeichen;
Der Drache, der ruht auf rothem Gold,
Soll schnell dir fliehn und weichen.»

Sie tanzten hin, sie tanzten her;
Zu buhlen ihr Herz begehrt'.
Der muntre Jüngling, er saß da,
Gestützet auf sein Schwert.

»Hör an, du muntrer Jüngling, hör an:
Willt du nicht mit uns sprechen,
So reissen wir dir, mit Messer und Schwert,
Das Herz aus, uns zu rächen.»

Und da mein gutes, gutes Glück!
Der Hahn fing an zu kräh'n.
Ich wär sonst blieb'n auf Elvershöh,
Bei Elvers Jungfraun schön.

Drum rath ich jedem Jüngling,
Der zieht nach Hofe fein,
Er seze sich nicht auf Elvers Höh,
Allda zu schlummern ein.

15.

Zaubergespräch Angantyrs und Hervors.

Skaldisch.

Hervor.

Erwach', Angantyr!
Es wecke dich Hervor,
Einige Tochter
Deiner Svafu;
Gib mir aus der Gruft
Das harte Schwert,
Das Swafurlama
Die Zwerge machten!

Hervardur! Hiovardur!
Hrani und Angantyr!
Ich weck' euch alle
Unter Baumes Wurzel,
Mit Helm und Panzer,

Und scharfem Schwert,
Mit Schild und Waffen
Und blutgem Speer! — —

Sind alle denn worden
Andgryms Söhne,
Die Gefahrensrolocker,
Nun Asch' und Staub? — — —
Will keiner der Söhne
Elvors mir sprechen
Aus dem Todtenhain? — — —

Hervardur, Hiovardur!
So seyd denn alle
In euren Rippen
Wie aufgehangen
Zum Würmer Fraß!
Oder gebt mir's Schwert,
Was Zwerg' und Geister
Zusammen geschmiedet,
Und den kostbarn Gurt — — —

Angantyr.

Hervor, Tochter,
Wie rufst du so?
Voll Zauberstäbe,
Todte zu wecken!
Tolle Ruferin,
Wütig pochend
Dir selbst zum Weh!
Mich hat nicht Vater,
Nicht Freund begraben.
Zwei nahmen den Tyrfing,
Die nach mir lebten,
Und Einer hat ihn noch.

Hervor.

Sprichst nicht wahr!
So wahr dich Odin
In der Gruft hier hat,
Hast dus Schwert,
Vater Angantyr!
Und soll's nicht erben
Dein Einig Kind?

Angantyr.

Ich sage dir, Hervor,
Was kommen wird!
Der Tyrfing mordet
(Kannst mir's glauben!)
Dein ganz Geschlecht! —
Doch sprechen die Todten:
Ein Sohn nach dir
Soll haben den Tyrfing,
Und König seyn!

Hervor.

Ich zaubr', ich zaubr'
Euch Unruh zu!
Keiner der Todten
Soll rasten und ruhn,
Bis mir Angantyr
Den Tyrfing sende,
Den Eisenspalter,
Der Helme Tod!

Agantyr.

Männliche Dirne,
Die also pocht!
Wandert um Gräbern
In Mitternacht,
Mit Zauberspeeren
Und Helm und Panzer,
Vor der Todtenhall'.

Hervor.

Ich hielt dich edel
Und wackern Mann,
Da ich ausging suchen
Der Todten Hall!
Gib mir aus der Gruft
Das Zwergegeschenk,
Den Panzerzerstörer!
Er taugt dir nichts.

Angantyr.

Mir unter den Schultern
Liegt das Schwert,

Der Helme Mörder!
Brennt voll Feuer!
Kein Weib auf Erden,
Die's dürfte wagen,
Dies Schwert zu fassen —

Hervor.

Ich aber fass' es
Und halt's in Händen,
Das scharfe Schwert,
Erhalt ichs nur.
Ich kanns nicht wähnen,
Daß Feuer brenne,
Das um die Gesichte
Der Todten spiele!

Angantyr.

Wütige Hervor,
Du pochest toll;
Doch eh im Nu
Dich Flammen ergreifen,

Will ich dir reichen
Aus meinem Grabe,
Dirne! das Schwert,
Und bergen dir's nicht.

Hervor.

Wohl, o Vater,
Du Heldensohn!
Du willst mir reichen
Aus deinem Grabe,
König, das Schwert,
Mir schöner Geschenk,
Als jezt zu erben
Norwegen ganz!

Angantyr.

Lügnerin, weist nicht,
Weß du dich freust.
Glaube mirs, Tochter,
Der Tyrfing mordet
All dein Geschlecht! —

Hervor.

Ich muß zurück
Zu den Meinen gehn;
Ich mag nicht länger
Länger hier stehn.
Was kümmerts mich,
O König Freund,
Was meine Söhne
Nach mir beginnen?

Angantyr.

So nimm's und hab's,
Der Helme Feind!
Hab's lang und brauch's!
Berühre die Schneiden,
In beiden ist Gift.
Ein grauser Würger
Der Menschensöhne!

Hervor.

Ich nehm's, und halte
Das Schwert in Händen,
Scharfes Schwert!
Geschenk vom Vater! —
Erschlagner Vater,
Ich fürchte nicht,
Was meine Söhne
Nach mir beginnen.

Angantyr.

Leb wohl denn, Tochter!
Ich gab dir's Schwert,
Zwölf Männer Tod,
Wenn treu du's fassest
Mit Muth und Macht.
Es ist all das Gut,
Was Andgryms Söhne
Hinter sich liessen. —

Hervor.

So wohnet denn Alle
In euren Gräbern
In guter Ruh!
Ich muß von hier,
Muß von hier eilen;
Mich dünkt, ich stehe,
Wo ringsum um mich
Feuer brennet. — — —

16.
König Hako's Todesgesang.
Skaldisch.

Gaundul und Skogul *)
Sandte Gott Thor,
Zu kiesen einen König
Aus Ynguas Stamm,
Der sollt zum Odin
Fahren hinauf,
Zu wohnen in Wallhall!

Biärners Bruder
Fanden sie, sich
In Panzer kleiden;
Der edle König,
Er eilt ins Feld,
Wo Feinde gefallen,
Und Schwerter noch klungen
Im Beginn der Schlacht.

*) Die Todtenwählerinnen, Valkyriur, Nordische Parzen.

Er rief Halegger,
Er rief Halmegger,
Der Heldentödter,
Und zog hinan.
Normannen Heere
Waren um ihn.
Der Jüten Veröder
Stand unter Helm.

Der Mühlsteinspalter *)
In Königs Hand,
Als spaltet' er Wasser,
Spaltet er Erz!
Die Spizen fliessen,
Die Schilde brachen!
Auf Männerschädeln
Erklang der Stahl!

Tyrs und Baugas
Schwerter sprangen

*) Schwert mit dem Beinamen.

Auf den harten Schädeln
Der Normannsfechter.
Die Schlacht ergoß sich,
Die Schilde brachen
Von der Hand der Helden,
Oder wurden blutroth.

Blitze flammten
In blutende Wunden;
Schilde bargen
Der Männer Leben;
Von fallenden Leibern
Tönt das Land;
An Storda's Ufer
Blutmeer floß.

Blutige Wunden
Und Schwertwolkhimmel *)
Flossen in Ein!
Als gält's um Ringe,
Spielten sie Schlacht.

*) Schilde.

Im Windsturm Odins
Blutstrom floß.
Männer stürzten
Vor'm strömenden Schwert.

Die Könige saßen
Mit Schwertern umzogen,
Schilde zerbrochen,
Panzer durchbohrt.
Noch aber dachte
Nicht das Heer
Nach Walhalla zu wandern. — —

Gaundul sprach
Gestüzt aufs Schwert:
„Groß wird jezt werden
Der Götter Versammlung.
Sie haben den König
Zum Mahle geladen,
Und all sein Heer!„

Der König hört
Der Wählerinnen,
Der schönen Jungfraun
Auf hohen Rossen,
Schicksalswort!
Nachsinnend standen
Im Helme sie da;
Sie standen gelehnet
Auf Schwertes Schaft!

„Was theilst, sprach Hako,
Du Schwertergöttin,
Die Schlacht also?
Sind wir von Göttern
Des Siegs nicht werth?„
„Wir sind's, sprach Skogul,
Die Sieg dir bringen!
Sollst Feld behalten,
Und die Feinde fliehn.

Wohl auf nun reiten,
Zusammen reiten
Ueber grüne Halden,
Der Götter Welt.
Dem Odin sagen,
Ein Volksgebieter
Zu schau'n ihn kommt
Und mit ihm wohnen!" —

„Hermoder und Braga,
Sprach Odin, geht
Dem König' entgegen!
Es kommt ein König,
Ein Held im Ruhme
Zu unsrer Hall!"

Der König sprach
(Aus der Schlacht gekehrt
Troff er von Blut),
Sprach: „unhold scheint

Gott Odin uns!
Unserm Beginnen
Lächelt er nicht!„

„Solst mit den Helden
Dich in Walhalla
In Friede freun;
Solst mit den Göttern
Da trinken Oel.
Hast droben schon
Acht Heldenbrüder,
Die harren deiner
O Fürstenfeind!„
Braga sprachs.

„Wir aber wollen
Die Waffen bewahren;
Helm und Panzer
Bewahren, ist gut!
Das Schwert bewahren
Nützet oft viel.„

So sprach der König!
Und ward nun kund,
Wie heilig der Gute
Die Götter geehrt;
Die Götter alle
Willkommen ihn hiessen,
Den guten König,
Und standen auf!

Am Glückestage
Ist der gebohren,
Der das erwirbt!
Der Ruhm wird bleiben
Von seiner Zeit,
Von seinem Herrschen,
Und werden Gesang!

Eh wird Wolf Fenris
(Die Ketten zerrissen)
Menschen würgen,

Eh solch ein König
Wird wieder füllen
Die öde Spur.

Es sterben Heerden,
Es sterben Freunde,
Das Land wird wüste,
Seit König Hako
Bei den Göttern wohnt.
Und viele Menschen
Trauren um ihn.

17.

Morgengesang im Kriege.

Skaldisch.

Tag bricht an!
Es kräht der Hahn,
Schwingt's Gefieder;
Auf, ihr Brüder!
Ist Zeit zur Schlacht!
Erwacht, erwacht!

Unverdrossen
Der Unsern Führer!
Des hohen Adils
Kampfgenossen,
Erwacht, erwacht!

Har mit der Faust hart,
Rolf, der Schütze,
Männer im Blize,
Die nimmer flehn!
Zum Weingelage,
Zum Weibsgekose
Weck ich euch nicht;
Zu harter Schlacht
Erwacht, erwacht!

18.

Schlachtgesang.

Deutsch.

Kein selg'er Tod ist in der Welt,
Als wer vor'm Feind' erschlagen,
Auf grüner Haid' im freien Feld
Darf nicht hör'n groß Wehklagen,
Im engen Bett, da ein'r allein
Muß an den Todesreihen,
Hie aber findt er Gsellschaft fein,
Fall'n mit, wie Kräuter im Mayen.
Ich sag ohn' Spott,
Kein selig'r Tod
Ist ist der Welt,
Als so man fällt,
Auf grüner Haid,
Ohn Klag und Leid!

Mit Trommeln Klang
Und Pfeiffen G'sang,
Wird man begraben,
Davon thut haben
Unsterblichen Ruhm.
Mancher Held fromm,
Hat zugesezt Leib und Blute
Dem Vaterland zu gute.

19.

Gasul und Lindaraja.

Spanisch.

Durch die Strasse zu Sankt Lucar
Kommt heran der tapfre Gasul,
Prächtig, schöngeschmückt in weisser,
Violett- und grüner Farbe.

Muthig will er ab jezt reisen
Zum Turnierfest, das in Gelves
Der Alcaide gibt zur Feier,
Als ein Friedensfest des Landes.

Er liebt eine Benceraja,
Ueberbliebne jener Helden,
Die die Zegris und Gomeles
Einst verriethen in Granada.

Sie zum Abschied noch zu sprechen,
Wendet er wohl tausendmale
Auf und ab, dringt mit den Augen
Durch die glücklichlieben Wände.

Endlich, nach der Jahreslangen
Stunde seiner raschen Hoffnung,
Tritt hervor sie auf den Balcon,
Seine lange Stunde kürzend.

Er hält an sein Roß, und läßt es,
Da ihm aufgeht seine Sonne,
Niederknien in seinem Namen,
Und vor ihr die Erde küssen.

Mit gestörter Stimme spricht er:
„Schönste, nun kann meiner Reise
Trauriges auch nichts begegnen,
Da ich deinen süssen Blick seh.

Pflichten nur und Anverwandte
Ziehn dorthin mich, ohne Seele.
Mein Andenken bleibt zurück dir,
Ob du auch an mich noch denkest?

Schönste, gib mir denn ein Denkmaal,
Nicht, daß es mich dein erinnre,
Nur, daß es mit dir mich schmücke,
Schüze, leit' und mache muthig."

Aber Lindaraja brennet,
Eifersüchtig bis zum Tode,
Daß in Geres eine Zaida,
Neben ihr sie Gasul liebe.

Daß er in den Tod sie liebe,
Hat erfahren Lindaraja,
Und antwortet Gasul also:

Wenn sichs im Turnier jezt füget,
Wie es meine Brust dir wünschet
Und die deine es verdienet,
So wirst du, so stolz wie immer,
Nach Lucar nicht wiederkehren,
Nicht vor Augen, die dich lieben,
Noch vor Augen, die dich abscheun.

Ja gefalls dem grossen Alla,
Daß im Spiele deine Feinde
Auf dich ziehn geheime Lanzen,
Und du fallest, wie du lügest;

Und daß, unterm Oberkleide,
Panzerhemde sie beschüzen,
Daß wenn du nach Rache dürstest,
Du sie suchst und doch nicht findest,

Deine Freunde dich verlassen,
Deine Feinde dich zertreten,
Du auf ihren Schultern ausgehst,
Wie du für die Dame eintratst.

Und daß, statt dich zu beweinen,
Die du liebst und die du täuschest,
Beide dir mit Flüchen beistehn,
Und sich freuen deines Todes.„

Gasul meinet, daß sie scherze,
(Wie die Unschuld pflegt zu meinen)
Hebt empor sich in den Bügeln,
Ihre schöne Hand zu langen.

„Lügner, o Sennora, spricht er,
Ist der Mohr, der mich verläumdet,
Auf ihn alle diese Flüche,
Ihn zu lohnen, mich zu rächen!

Meine Seele hasset Zaida,
Reuig, daß ich je sie liebte;
Fluch auf alle jene Jahre!
Da ich ihr (mein Unglück!) diente.

Sie hat mich um einen Mohren,
Reich an armem Gut, verlassen." —
Da das Lindaraja höret,
Kann sie es nicht länger ausstehn.

Und in selbem Augenblicke
Kommt der Page mit den Rossen,
Führet sie, geschmückt mit Federn
Und mit anderm Schmuck des Festes;

Aber Gasul faßt die Lanze,
Fasset sie mit starker Rechte,
Splittert sie in tausend Stücke
Gegen die geliebten Wände.

Und befiehlt, daß seinen Rossen
Gleich der Schmuck gewechselt werde,
Statt der grünen Federn falbe,
Falb' hineinzuziehn nach Gelves.

20.

Gazul und Zaida.

Spanisch.

Reich gezieret mit Geschenken
Seiner schönen Lindaraja
Reiset ab der tapfre Gazul,
Geht nach Gelves zum Turniere.

Mit sich führet er vier Pferde,
Reich bedeckt mit goldnen Decken,
Wo sich tausendmal der Name
Benceraja schlingt in Golde.

Violet und weiß und bläulich
Sind des Mohren Ritterkleider:
Gleichgefärbt die Federbüsche
Und die Vorderfeder röthlich.

Alles köstlich theures Stickwerk
Feinen Goldes, feinen Silbers:
Gold gesezt aufs Violette,
Auf das Rothe Silberschmelzen.

Und sein Sinnbild war ein Wilder
Mitten da auf seiner Tartsche,
Der zerreisset einen Löwen,
Und dabei die Ehreninschrift,

Die die edlen Bencerajen,
Sie die Blüthe von Granada,
Alle führten, jeder kannte,
Jeder ehrete und liebte,

Die nun führt der tapfre Gazul
Auch aus Liebe seiner Dame,
Die auch eine Benceraja
Jezt er über alles liebet.

So gerüstet trat der tapfre
Gazul auf den Plaz von Gelves,
Führet einen Zug von dreißig,
Alle gleich und schön gekleidet.

Wer sie schauet, der bewundert,
Alle führen gleiches Sinnbild,
Gleiche Inschrift, nur der Eine
Gazul führt die Seine sonders.

Unterm Schall der hellen Zinken
Fänget an das Lanzenwerfen,
Wird so warm und so verwirret,
Daß es eine Schlacht erscheinet.

Aber Gazuls tapfre Rotte
Trägt in allem Dank und Ehre.
Keine Lanze schleudert Gazul,
Die nicht eine Tartsche treffe.

Von Balconen und von Fenstern
Schauen zu die Mohrendamen.
Unter ihnen auch die schöne
Mohrin Zalda, die aus Xeres;

Aber jezo falb gekleidet,
Falb um ihrer Trauer willen:
Denn ihr hat der tapfre Gazul
Ihren Bräutigam getödtet.

Wohl erkennt sie ihren Gazul,
Kennet ihn am Wurf der Lanze,
Denket an verfloßne Zeiten,
Da einst Gazul ihr noch diente,

Und sie ihn so übel ansah,
So undankbar seinem Dienste!
Und je stärker er sie liebte,
Immer nur noch undankbarer.

Dieses kränkt sie jezt im Herzen
Schmerzlich, sinkt in Ohnmacht nieder;
Endlich da sie wieder zu sich
Kommet, spricht ihr Mädchen also:

„Edles Fräulein, was, was ist dir?
Was bedeutet diese Ohnmacht?„
Zaida mit gebrochner Stimme
Krank und traurig ihr erwiedert:

Kennst du denn nicht jenen Mohren,
Der jezt eben seine Lanze
Hebet? Gazul ist sein Name,
Und sein Ruhm ist allenthalben.

Sechs Jahr hat er mir gedienet,
Und ich lohnt ihn so undankbar.
Meinen Bräutgam mir getödtet,
Und auch das hab ich verschuldet.

Und ich lieb' ihn mit dem Allen,
Halt ihn tief in meiner Seele.
Glücklich, als er mich noch liebte,
Aber jezt bin ich ihm nichts mehr.

Er liebt eine Bencerrasa,
Und ich lebe ihm verachtet. —
Also klagte sie, indessen
Ging das Spiel und Fest zu Ende.

21.

Der Brautkranz.

Spanisch.

Voll von Ruhm und Siegeszeichen,
Mehr als Mars es je gewesen,
War der edle tapfre Gazul
Nun aus Gelves heimgekehret.

Wohl empfing ihn in Sanlucar
Lindaraja, seine Dame,
Die ihn o wie zärtlich liebet,
Und nicht minder liebt er sie.

Beide nun allein zusammen
In des Blumengartens Blüthe,
Wechseln sie der Liebe Pfänder,
Jedes fühlet, wen es liebt.

Lindaraja hat aus zarter
Neigung einen Kranz geflochten,
Schön von Nelken und von Rosen,
Un von auserwählten Würzen.

Hat ihn rings umsteckt mit Veilchen,
Die die Blümlein sind der Liebe,
Und so sezt sie ihrem Gazul
Auf das Haupt den Kranz und rühmet:

„Nimmer wär doch Ganymedes
Schön wie du von Angesichte,
Wenn dich Jupiter jezt sähe,
Führet' er dich mit sich fort.„

Gazul freudig sie umarmend
Spricht mit Lachen: „meine Liebe,
Schön wie du war wahrlich jene
Grlechin nicht, die Paris raubte,

Um die Troja ging verlohren,
Um die Alles stand in Flammen:
Schön, wie du, war jene nimmer,
Du die Siegerin des Amors."

"Wenn ich denn so schön dir scheine,
Gazul, laß uns uns vermählen!
Hast mir ja dein Wort gegeben,
Mein Gemahl zu werden, Gazul."

Wohl, o wohl, spricht Gazul, laß uns!
Denn dabei bin ich Gewinner.
Und so feiren sie mit Freude
Hochzeitfest und werden Christen.

22.

König Esthmer.

ein altes Mährchen.

Englisch.

Horcht mir zu, ihr lieben Leut,
Neigt euer Ohr mir dar;
Ich sing euch von ein'm Bruder Paar,
Als je nur Eines war.

Der Eine von ihnen hieß Adler jung,
Der Andre König Esthmer.
Sie waren so wackre Männer in Thaten,
Als immer nah und ferne.

Und als sie trunken einst Bier und Wein
In König Esthmers Hallen:
„Wann wollt ihr nehmen ein Weib euch, Bruder,
Ein Weib zur Freud uns allen?„

Denn besprach's König Esthmer,
Antwort't ihm hastiglich:
„Ich weiß kein Maid in allem Land,
Die wär ein Weib für mich.„

„König Adland hat eine Tochter, Bruder,
Jeder nennt sie fein und schön;
Wär ich hier König an Eurer Statt,
Die Dam' wär Königin.„

Sprach: „rath mir, rath mir, lieber Bruder,
Durch's lust'ge Engelland
Wo sollen wir einen Boten finden,
Der zwischen uns sey zur Hand.„

Sprach: „Ihr müßt reiten selbst, mein Bruder;
Ich will euch kompaneyn.
Wohl mancher ist durch Boten betrogen;
Ich fürcht', auch ihr möcht's seyn.„

Und also puzten sie sich zu reiten,
Gepuzt war beider Roß;
Und als sie kamen zu Adlands Hallen,
Von Golde glänzt ihr Troß.

Und als sie kamen zu Adlands Hallen,
Wohl vor das hohe Thor,
Allda sie fanden König Adland selbst,
Macht ihnen auf das Thor.

„Nun Gott mit Euch, König Adland gut,
Gott mit Euch immer und hier!„
Sprach: „Willkomm, willkomm, König Esthmer,
Recht herzlich willkomm mir!„

„Ihr habt eine Tochter, sprach Adler jung,
Jeder nennt sie fein und schön.
Mein Bruder will sie nehmen zum Weib,
Zu Englands Königin.„

„Und gestern war um meine Tochter hier
König Bremor aus Spaniens Reich,
Und da nickt sie ihr Nein ihm zu;
Ich fürcht, sie thuts auch euch.„

„Der König von Spanien ist ein garst'ger Heid,
Und glaubt an Mahomet.
'S wär Jammer um solch ein schönes Maid,
Daß so ein Hund sie hätt!„

„Aber sagt mir, (König Esthmer sprach's)
Ich bitt euch, sagt mirs zu,
Daß morgen ich Eure Tochter seh,
Eh ich wegreiten thu.„

„Und wärs gleich sieben und noch mehr Jahr,
Seit sie war in der Hall,
So soll sie kommen um Euretwillen,
Zur Freud den Gästen all.„

Ab denn kam die schöne Maid
Mit Jungfraun reicher Zahl,
Wohl halb einhundert Ritter stolz
Einleiten sie zur Hall;
Und noch so mancher Edelknab',
Ihn'n aufzuwarten all.

Die Goldstück' all an ihrem Haupt,
Sie hingen bis zu den Knien,
Und jeder Ring an ihrem Fing'r
Ein heller Demant schien.

Sprach: „Grüß euch Gott, meine Dame schön!"
Sprach: „Grüß euch Gott allhier!"
Sprach: „Willkomm, willkomm, König Esthmer,
Recht herzlich willkomm mir!

Und liebt ihr mich denn, als ihr sagt,
So herzlich und so treu,
Warum ihr immer nur kommen seyd,
Geb Gott, euch glücklich sey!„

Ein denn, sprach der Vater theur:
„Meine Tochter, Nein ich sag!
Bedenk der König von Spanien,
Was der sprach gestertag.

Wollt stürzen ein mir Schlöss'r und Hall'n?
Wollt rauben das Leben mir?
Fürwahr, ich fürcht' des Helden Grimm,
Wenn ich dies zugeb' dir.„

„Eure Schlösser und eure Thürme, Vater,
Sind stark und vest gebaut,
Und darum weiß ich nicht, was Euch
Fürm garst'gen Helden graut.

König Esthmer, gebt mir Euer Wort,
Beym Himmel und rechter Hand,
Daß ihr mich nehmen wollt zum Weib,
Zur Kön'gin in Eur Land."

König Esthmer freudig gab sein Wort,
Beym Himmel und rechter Hand,
Daß er sie nehmen wollt zum Weib,
Zur Kön'gin in sein Land.

Nahm Urlaub von der schönen Braut,
Zu gehn schnell in sein Reich,
Zu suchen Herzog', Ritter und Grafen,
Sie heimzuführen gleich.

Sie hatten geritten eine Meile kaum,
Eine Meile weit hinan,
Als ein thät kommen der Span'sche König
Mit manchem Kämpfersmann.

Als ein thät kommen der Span'sche König,
Mit manchem grimmen Baron,
Noch heut zu freyn König Adlands Tochter,
Und morgen zu ziehn davon.

Stracks sandt sie König Esthmer'n nach,
So schnell als bitter ihr graut,
Sollt eilig kommen und kämpfen um sie,
Oder immer aufgeben die Braut.

Ein' Weil' der Edelknabe kam,
Ein' ander Weil' er lief,
Bis er König Esthmern eingeholt,
Und schnell und hastig rief:

„Zeitung, Zeitung, König Esthmer!"
„Und was für Zeitung dann?"
„O Zeitung muß ich euch sagen,
Die euch wohl schwer seyn kann.

Ihr hattet geritten eine Meile kaum,
Eine Meile weit hinan,
Als ein schon kam der Span'sche König
Mit manchem Kämpfersmann.

Als ein schon kam der Span'sche König
Mit manchem grimmen Baron,
Noch heut zu freyn König Adlands Tochter,
Und morgen zu ziehn davon.

Die Dame schön Euch freundlich grüßt,
So sehr und bitter ihr graut,
Spricht: Ihr müßt kommen und fechten um sie,
Od'r immer aufgeben die Braut."

Sprach: „rath mir, rath mir, lieber Bruder,
Dein Wort und Ich geh's ein,
Wes Weges sollen wir gehn und fechten?
Gerettet muß sie seyn."

„Nun horcht mir zu, sprach Adler jung,
Mein Wort und geht es ein,
So will ich gleich euch zeigen den Weg,
Da sie kann gerettet seyn.

Meine Mutter war aus Westenland,
Gelehrt in Schreiberei,
Und als ich noch zur Schule ging,
Bracht sie mir auch was bei.

Da wächst ein Kraut im Felde hier,
Und wer es kennet, traun,
Der, ist er weiß wie Milch und Blut,
Wird dadurch schwarz und braun.

Und ist er dunkel, schwarz und braun,
Macht's schnell ihn weiß und roth,
Und ist kein Schwert in Engelland,
Das könnt ihm bringen Noth.

Und Ihr sollt seyn ein Harfner, Bruder,
Wie Ein'r aus Norden pflegt,
Und ich will seyn eur Singer, Bruder,
Der euch die Harfe trägt.

Und Ihr sollt seyn der beste Harfner,
Der je die Harfe schlug,
Und ich will seyn der beste Singer,
Der je die Harfe trug.

Und soll uns aufstehn auf der Stirn,
Und All's durch Schreiberei,
Daß wir im ganzen Christenthum
Wohl sind die Kühnsten zwei.„

Und so sie puzten sich zu reit'n,
Gepuzt war beider Roß,
Und als sie kamen zu Adlands Hall'n,
Von Golde glänzt ihr Troß.

Und als sie kamen zu Adlands Hall'n
Wohl vor das veste Thor,
Da fanden sie einen Pförtner stolz,
Der aufthun sollt das Thor.

Sprach: "Grüß dich Gott, du Pförtner stolz!"
Sprach: "Grüß dich Gott allhier!"
"Nun willkomm, sprach der Pförtner stolz,
Von wannen seyd denn ihr?"

"Wir sind zwei Harfner, sprach Adler jung,
Aus Nordland kommen wir;
Sind angekommen, mit anzuschaun
Die reiche Hochzeit hier."

Sprach: "Und Eur Farb ist weiß und roth,
Und Eur' ist schwarz und braun;
König Ehstmer und sein Bruder ist hier,
Will ich ansagen, traun!"

Ab sie zogen ein'n Ring von Gold,
Ihn legend an Pförtners Arm:
"Wir woll'n nicht dir, du Pförtner stolz,
Du uns nicht sagen Harm!"

Ernst er ansah König Esthmer,
Dann ernst auf seinen Ring,
Dann öfnet er ihnen das Gitterthor,
Sonst thät ers um kein Ding.

König Esthmer schwung sich ab vom Roß
An Königs Halle hart.
Der Schaum, der stand vor Pferds Gebiß,
War wie König Bremors Bart.

Sprach: "Stall dein Roß, du Harfner stolz,
Geh, stall es in den Stall!
Ein'm solchen Harfner es nicht ziemt,
Zu stall'n in Königs Hall."

„Ich hab ein'n Jungen, der Harfner sprach,
Der ist so keck und kühn,
Ich wollt' ich fänd' einmal den Mann,
Der einst ihn züchtigt' — ihn!„

„Du sprichst wohl stolz, sprach der Helden Kön'g,
Du Harfner hier zu mir:
Da ist ein Mann in dieser Hall,
Der Eins gibt ihm und dir.„

„O laß ihn kommen, der Harfner sprach,
Ich möcht' ihn gern doch sehn.
Und wenn er's diesem gegeben hat,
Soll's über mich ergehn.

Ab denn kam der Kämpfersmann,
Und schaut ihm ins Gesicht.
Um alles Gold auf aller Welt
Dorft er sich nahn ihm nicht.

"Und wie nun, Kämpfer? der König sprach,
Und was kommt dir jezt bei?"
Er sprach: "Da stehts auf seiner Stirn,
Und Alles durch Schreiberei!
Um alles Gold auf aller Welt
Ich ihm nicht nahe bei."

König Esthmer dann die Harfe zog,
Und spielt darauf so süß.
Aufstarrt die Braut an Königs Seit';
Dem Heiden macht's Verdrieß.

"Halt ein dein' Harf, du Harfner stolz,
Halt ein, ich sag es dir,
Denn spielst du fort, als du beginnst,
Meine Braut entspielst du mir."

Er riß, er riß aufs neu die Harf,
Er spielt so schön und frei;
Die Braut, die ward so wohlgemuth,
Lacht Eins und zwei und drei.

"Gib mir dein' Harf, der König sprach,
Dein' Harf und Saiten all,
Und so viel Goldstück sollt du hab'n,
Als ihrer Saiten Zahl."

"Und was wollt ihr thun mit der Harf,
Wenn ich sie Euch lassen thät?"
"Meine Braut so spielen wohlgemuth,
Wenn wir nun gehn zu Bett."

"So laß mir denn deine schöne Braut
So prächtig über All',
Und so viel Goldstück sollt du hab'n,
Als Ring hier in der Hall."

"Und was wolltst du mit der schönen Braut,
Wenn ich dir sie lassen thät?
Ziemt sich doch mehr für mich als dich,
Die Schöne führen zu Bett."

Er spielt' aufs neu, strich laut und klar,
Und Adler sang darein:
"O Braut, dein treuer Liebhaber es ist,
Kein Harfner, der König dein!

O Braut, dein treuer Liebhaber es ist;
Blick auf, blick auf und sieh,
Zu retten dich vom garst'gen Heid,
Sind wir zwei kommen allhie."

Die Braut blickt auf, die Braut ward roth,
Blickt auf und ward so roth,
Indeß zog Adler sein scharfes Schwert,
Der Sultan, er lag todt.

Auf standen denn die Kämpfer all,
Schrien all' in grosser Noth:
"Verräther, hast den König erschlagen —
Und schnell sollt auch seyn todt."

König Esthmer warf hinweg die Harf,
Ergrif sein Schwert so schnell,
Und Esthmer Er und Adler jung,
Sie fochten, als gegen die Höll.

Und ihre Schwerter trafen so
Durch Hülf der Schreiberei,
Daß bald erschlagen die Kämpfer lagen,
Oder waren nicht mehr dabei.

König Esthmer nahm die schöne Braut,
Führt sie zum Weibe sich
Daheim ins lust'ge Engelland,
Und lebt da frölich.

23.
Die erste Bekanntschaft.

Litthauisch.

Tief in Nacht, im Dunkel,
Tief im dicken Walde,
Ferne war mein liebes Mädchen,
Eh ich sie noch kannte.

Ohne sie zu kennen,
Ritt ich ungefähr hin,
Sazte mich in'n Winkel,
Hinterm weissen Tische.

Saß mit vollem Herzen,
Weint' mich ab und schluchzte;
Da, da sah das liebe Mädchen
Seitwärts auf mich nieder.

Und nun kommt ein Gläschen,
Rundum weiß im Schaume,
Hui! das war für mich ein Leben!
Wem sey's zugetrunken?

Ihr sey's zugetrunken!
Ihr, dem frischen Mädchen!
Vor, wie weit von mir entfernet!
Jetzund meine Liebe!

24.

Liedchen der Sehnsucht.

Deutsch.

Der süsse Schlaf, der sonst stillt alles wohl,
Kann stillen nicht mein Herz mit Trauren voll;
Das schafft allein, die mich erfreuen soll!

Kein' Speis' und Trank mir Lust noch Nahrung geit,
Kein Kurzweil ist die mir mein Herz erfreut;
Das schafft allein, die mir im Herzen leit!

Kein G'sellschaft ich nicht mehr besuchen mag,
Ganz einzig sitz in Unmuth Nacht und Tag;
Das schafft allein, die ich im Herzen trag'!

In Zuversicht allein gen ihr ich hang',
Und hoff', sie soll mich nicht verlassen lang;
Sonst fiel ich g'wiß ins bittern Todes Zwang.

Drittes Buch.

I.

Der Knabe mit dem Mantel.

Ein Rittermährchen.

Englisch.

Am dritten Malen
In Karlil' kam
Ein art'ger Knabe
Bei Hofe an.

Ein'n Gürtel und Mantel
Der Knabe hatt' an,
Mit Ringen und Spangen
Reich angethan.

Eine Schärpe von Seiden
Am Leib' er trug,
War artig, bescheiden,
Und schien gar klug.

„Gott grüß dich, König Arthur,
Bei deinem Mahl,
Wie auch die gute Königin,
Und Euch ihr Gäste all!

Ich sag euch, ihr Herren,
Seyd auf der Hut:
Wer jezt sein'r Ehr' nicht sicher ist,
Dem gehts fürwahr nicht gut!„

Er zog aus der Tasche,
(Was hatt' er drein?)
Er pflückt heraus ein Mäntelchen
Aus zwo Nußschalen klein.

Hier hab's, König Arthur,
Hier hab's von mir!
Gib's deiner schönen Königin;
Und wohl bekomm' es ihr!

Es stehe keiner Frauen,
Die Treu nicht hielt — „
Ha! wie jed'r Ritter in Königs Hall
Stracks auf die Seine schielt.

Die Kön'gin Genever
Trat stattlich auf;
Der Mantel ward ihr umgethan —
O weh, was folgte drauf!

Kaum hatt' sie den Mantel,
Als sich's närrisch begab,
Sie stand, als mit der Scheer geschnitten,
Ringsum geschnitten ab.

Der Mantel verfärbt sich,
Der Mantel wird grün,
Wird rothig, wird schmuzig;
Gar übel es schien.

Jezt war er schwärzlich,
Jezt war er grau.
„Mein' Treu', sprach König Arthur,
Mit dir stehts nicht genau.“

Ab warf sie den Mantel
So niedlich und fein,
Und floh, als wie mit Blut begoss'n,
In ihre Kamm'r hinein;

Flucht Weber und Walker,
Der das ihr gemacht,
Flucht Rach' auf den Jungen,
Der'n Mantel gebracht:

„Lieber im Walde mögt' ich seyn
Unter dem grünen Baum,
Als hier so beschimpfet
In Königs Raum!“

Sie ruft ihrer Dame
Zu kommen näh'r:
„Madam, mit Euch stehts auch nicht recht!
Ich bitt Euch, haltet her.

An kam die Dame
Mit kurzem Tritt,
Greif drauf nach dem Mantel —
Wie ging's ihr damit?

Kaum hatt' sie den Mantel,
Als es geschah,
Sie stand ganz Muttersadennackt
Vor allen Gästen da.

Jeder Herr Ritter,
Der dabei saß,
Wollt' fast sich zerlachen
Bei solchem Spaas.

Ab warf sie den Mantel
So niedlich und fein,
Und floh, als wie mit Blut begoss'n,
Zu ihrer Kammer hinein.

Ein alter Ritter
Hinkt nun heran,
Und weil sein Glaube nicht bieder war,
Schleicht er zum kleinen Mann;

Bot zwanzig Mark ihm
Blank und baar,
Wollt' frei ihn halten
Die Christmeß gar:
Nur daß sein Weib im Mänteleichen
Je nur bestünde klar.

Kaum hätt' sie den Mantel
Sich angethan,
Hier 'n Lappe, da ein Plunder
Hing närrisch dran.
Die Ritter zischten allesammt:
"Nun der wirds übel gahn!"

Ab warf sie den Mantel
So niedlich und fein,
Und floh, als wie mit Blut begoss'n,
In ihre Kamm'r hinein.

Kraddock rief sein Weibchen,
Rust's sanft herein,
Sprach: "Frau, gewinn dies Mäntelchen;
Dies Mäntelchen ist dein!"

Sprach: "Frau, gewinn das Mäntelchen;
Dies Mäntelchen ist dein,
Wenn du dich nie vergassest,
Seit dem du warest mein."

An hat sie den Mantel,
Und weh, ach weh!
Er rollt sich zusammen
Zum grossen Zeh.

Sprach: „garstiger Mantel,
Beschäme mich nicht!
Ich will's erzählen,
Worans gebricht:

Ich küßt' Lord Kraddock
Im grünen Hain,
Ich küßt' einmal Lord Kraddock,
Eh wir noch waren Ein.“

Kaum hatt' sie gebeichtet,
Die Sünd' bekannt,
Da stand der Mantel lobesan
Ihr nett an und galant.

Er glänzt an Farbe
Wie Gold so schön.
Jeder Ritter an König Arthurs Hof
Mit Augen thät er's sehn.

Ein schrie Frau Genever:
„Herr König, nein!
Hat die den Mantel?
Das kann nicht seyn!

Sieh doch die Dame;
Die brennt sich rein,
Und ließ wohl fünfzehn Männer
In ihre Kammer hinein.

Ließ Pfaffen und Schreiber
Zu sich herein;
Und seht doch, nimmt den Mantel,
Und brennt sich weiß und rein!“

Der Knab' mit dem Mantel
Sprach: "König, sieh!
Dein Weib schändiret;
Züchtige sie!

Sie ist ein' Hure,
Bei meiner Treu!
Herr König, in eurer eignen Hall
Seyd ihr ein Hahnenreih!" —

Der kleine Knabe
Zur Thür' aussah,
Und sieh! ein grosses wildes Schwein
War g'rad im Walde da.

Er zog ein Messer
Von Holz heraus;
Und wer war schneller
Vor Königs Haus?
Bracht' flugs den wilden Schweinskopf
In König Arthurs Haus.

Legt stattlich den Schweinskopf
Wohl auf den Tisch:
"Wohlan, wer nun kein Hahnreih ist,
Derselb' trenschire frisch!"

Das Wort den Herren
Ging übel ein.
Sie puzten und wezten
Ihr Messerlein;
Theils liessen's fallen,
Und hatten kein'.

Ging ans Trenschiren,
Ging rings herum;
Die Messer, die bogen
Sich schändlich um:
Die Spize, die Schneide
Ward lahm und krumm.

Lord Kraddock hatt' ein Messerchen
Von Eisen und von Stahl;
Er ging an wilden Schweinskopf,
Zerlegt ihn all und all,
Und präsentirt die Schnittchen
Den Herrn in Königs Saal. —

Der Knab' hatt' von Golde
Ein schönes Horn;
Er sprach: „Da ist kein Hahnreih,
Der trinkt aus diesem Horn!
Er muß sich beschütten
Von hinten, oder vorn.“

Die Herren probierten,
Doch gar nicht fein —
Dem kommts auf die Schulter,
Dem kommt's auf's Bein,

Und wer dabei sein Maul noch braucht,
Fliegts ins Gesicht hinein —
Und kurz und gut, wer Hahnreih war,
War's jezt bei Tagesschein.

Das Horn gewann Krabbock,
Den Schweinskopf dabei;
Sein Weib gewann das Mänteschen
Für ihre Ehetreu.
Geb Gott, ihr Herrn und Damen,
Daß euch so gut auch sey!

2.

Das Lied vom Herrn von Falkenstein.

Deutsch.

Es reit der Herr von Falkenstein
Wohl über ein' breite Haide.
Was sieht er an dem Wege stehn?
Ein Maidel mit weissem Kleide.

Wohin, wohinaus, du schöne Magd?
Was machet ihr hier alleine?
Wollt ihr die Nacht mein Schlafbule seyn,
So reitet ihr mit mir heime.

"Mit euch heimreiten, das thu ich nicht,
Kann euch doch nicht erkennen."
"Ich bin der Herr von Falkenstein,
Und thu mich selber nennen."

"Seyd ihr der Herr von Falkenstein,
Derselbe edle Herre,
So will ich euch bitten um 'n Gefangnen mein,
Den will ich haben zur Ehe." —

"Den Gefangnen mein, den geb ich dir nicht,
Im Thurn muß er verfaulen!
Zu Falkenstein steht ein tiefer Thurn
Wohl zwischen zwo hohen Mauren." —

"Steht zu Falkenstein ein tiefer Thurn
Wohl zwischen zwey hohen Mauren,
So will ich an die Mauren stehn,
Und will ihm helfen trauren." —

Sie ging den Thurm wohl um und wieder um:
"Feinslieb, bist du darinnen?
Und wenn ich dich nicht sehen kann,
So komm' ich von meinen Sinnen."

Sie ging den Thurm wohl um und wieder um:
Den Thurm wollt' sie aufschliessen:
„Und wenn die Nacht ein Jahr lang wär;
Keine Stund thät mich verdriessen!„ —

„Ei, dörft ich scharfe Messer tragen,
Wie unsers Herrn sein' Knechte;
So thät mit 'm Herrn von Falkenstein
Um meinen Herzliebsten fechten!„ —

„Mit einer Jungfrau fecht' ich nicht,
Das wär mir immer ein Schande!
Ich will dir deinen Gefangenen geben;
Zieh mit ihm aus dem Lande!„ —

„Wohl aus dem Land, da zieh ich nicht
Hab' niemand was gestohlen;
Und wenn ich was hab' liegen lahn,
So darf ich's wiederholen.„

3.

Waldgesang.

Aus Shakespear.

Unter dies Grünlaub-Dach
Wems 'liebt zu folgen nach,
Will stimmen sein Liedlein ein
Ins Chor der Vögelein,
Komm hieher, komm hieher, komm hieher!
'S soll wohl ihm seyn,
Ohn Ach und Pein,
Nur nicht ohn Wint'r und Wetter.

Achtet er Ruhm nur Stroh,
Will lieg'n im Sonnschein so,
Sich suchen Speis' und Trank,
Und wie ers find't, ha'n Dank,

Komm hieher, komm hieher, komm hieher!
'S soll wohl ihm seyn,
Ohn Weh und Pein,
Nur nicht ohn Winter und Wetter.

4.

Waldlied.

Aus Shakespear.

Stürm, stürm, du Winterwind!
Bist doch, wie's Menschen sind,
Kein undankbarer mir!
Dein Zahn beißt grimmig drein;
Doch warum soll's nicht seyn?
Hab' ich doch nichts mit dir.

Chor.

Heiho, singt Heiho, im Grünen hier heilig!
Die Lieb' ist nur Kurzweil, die Freundschaft nicht treulich!
Heiho, hier fröhlich, dies Leben ist selig!

Geh durch, du Lufthauch, geh!
Stichst nimmer doch so weh,
Als Hohn für Gutthat sticht:
Du hauchst zwar Wass'r in Eis,
Doch ist mir's Paradeis
Für: „Freund, ich kenn ihn nicht!“

Chor

Heiho, singt Heiho, im Grünen hier heilig!
Die Lieb' ist nur Kurzweil, die Freundschaft nicht treulich!
Heiho, hier fröhlich, dies Leben ist selig!

5.

Grablied eines Landmanns.

Aus Shakespear's Cymbeline.

1.

Liege nun, dich ficht nicht an
Winterfrost und Sommerglut;
All dein Tagwerk ist gethan,
Bist daheim, und hast es gut.

Alle.

Goldne Frau'n und Herr'n ins Grab
Müssen sie all zusamm'n hinab!

2.

Liege nun; dir thut nichts mehr
Geissel, Frohn und hart Gericht.
Kleid'r, und Nahrungssorge schwer,
All dir eins; und drückt dich nicht.

Alle.

Szepter, Arzt und Weis' ins Grab
Müss'n dir nach sie all hinab.

1.

Lieg, und fürchte nun nicht mehr
Bliz und Donnerkeilen hart.

2.

Freund' und Feind' und Lästerer,
Leid' und Freud' bist du verscharrt.

Alle.

Stuzer jung und schön, ins Grab
Müss'n zu dir sie all hinab!

1.

Kein Beschwörer härme dich!

2.

Kein Bezaubrer lärm um dich!

1.

Böse Geister fliehn dich.

2.

Schädliches nicht nahe sich!

1.

Habe sanfte Ruh im Grab'!

2.

Und dein Grab viel Ruhm hab'!

6.

Lied

des gefangenen Asbiorn Prude.

Skaldisch.

Sagets meiner Mutter:
Sie wird den Sommer heurig
Ihr's Sohnes Haar nicht kämmen.
Svanhid' im schönen Dännmark,
Ich hatts ihr zugesaget,
Zu ihr bald heimzukommen, —
Nun seh' ich, wird das Schwert wohl
Die Seite mir durchboren.

Anders war's dort drüben!
Bier sassen wir trinken,
Fuhren mit Freuden
Die Furt nach Hordland,

Meeth wir tranken, schwazten,
Lachten viel beisammen. —
Nun lieg' ich beklommen
In der engen Riesenkluft hier.

Anders war's dort drüben!
Da wir all beisammen waren,
Fuhren prächtig, vorne
Storolfs Sohn vor allen,
Landte mit den langen
Schiffen im Oresunde. —
Nun muß ich hier schändlich
Die Riesenstätte schauen.

Anders war's dort drüben!
Orm, im Schlachtensturme,
Strömt den durstigen Raben
Manches reiche Mahl.

Manche wackre Männer
Gab er den gier'gen Wölfen,
Treflich an der Isa *)
Traf er Todeshieb.

Anders war's dort drüben!
Da auch ich, mit scharfem Schwerte,
Warm von harten Hieben,
Männerhaufen mähe'.
'S war am Elfers Eiland
Entgegen dem schwülen Mittag;
Orm hagelt herrlich
Pfeil' auf die Räuber,
Auf die er traf.

Anders war's dort drüben!
War'n alle noch bei'nander,
Saut'r und Geiri,
Glum'r und Stari,

*) Die Weichsel.

Sam'r und Serning'r,
Oddvarars Söhne,
Haukr und Hokl,
Hroko und Tockl.

Anders war's dort drüben!
Da wir oft zusammen schifften,
Hrani und Hogel,
Hialmr und Stafnir,
Grani und Gunnar,
Grimr und Sorkvir,
Tumi, Torfvi,
Teite und Geitir.

Anders war's dort drüben!
Selten wirs ausschlugen
Uns zu schlagen; selten
Rieth ich's ab, mit Schwerte

Scharfes Schwert zu sprechen.
Doch Orm war immer
Unser der Erste.

Wüste Orm
Hier meine Qualen;
Die Stirne falten
Würd' er grimmig,
Dem gräulichen Riesen
Wie er's verdient —
Dreifach zahlen.
Ha, wenn ers könnt'!

7.
Das Hagelwetter.
Skaldisch.

Ich hört' in Norden
Ein Wetter aufstehn;
Hagel rasselt
Auf Helmen hart!
Wolkensteine
Stieben im Wetter
In der Streiter Augen
Vom scharfen Sturm.

Es hagelt Schlossen,
Jed' ein Loth schwer!
Blut ins Meer,
Blut aus Wunden
Röthet den Speer.

Die Leichen lagen,
'S war harter Kampf,
Das Heer der Grafen
Steht dem Kampf!

—

Der Sturmgeist grimmig
Schleudert spitzige
Pfeile von den Fingern
Den Fechtern ins Gesicht.
Die mächt'gen Fechter
Im harten Gewitter,
Dem Sturme stehend,
Wichen nicht!

Bis daß am Ende
Dem tapfern Grafen
Geschwächt an Kräften
Der Muth erlag.

Zog ab die Flotte,
Befahl den Seinen,
Segel zu spannen!
Die Wellen schlugen;
In die holen Segel
Der Sturmwind blies.

8.

Der blutige Strom.

Spanisch.

Grüner Strom, du rinnst so traurig,
So viel Leichen schwimmen in dir,
Christenleichen, Mohrenleichen,
Die das harte Schwert erlegte.

Deine klare Silberwellen
Sind mit rothem Blut gefärbet,
Mohrenblute, Christenblute,
Die in grosser Schlacht hier fielen.

Ritter, Herzoge und Grafen,
Grosse hohen Standes fielen,
Männer hoher Tugend sanken,
Und die Blüthe Span'scher Edlen.

An dir sank hier Don Alonso,
Der von Aguilar sich nannte,
Auch der tapfre Urdiales
Sank an dir, mit Don Alonso.

Von der Seite klimmt den Felsen
Ab der tapfre Sayavedra,
Eingebohrner von Sevilla
Aus Granad's ältstem Stamme.

Hinter ihm ein Renegate
Rief ihm nach mit frecher Stimme:
„Gib dich, gib dich, Sayavedra!
Fliehe nicht so aus dem Treffen!

Wohl erkenn' ich dich, ich war ja
Lang genug in deinem Hause.
Auf dem Markte von Sevilla
Sah ich oft dich Lanzen werfen;

Kenne deine Eltern, kenne
Dein Gemahl, die Donna Klara,
Sieben Jahre dein Gefangner,
Mit dem du sehr hart verfuhrest!

Jezt sollt du der Meine werden,
Wenn mir Mahomet nun beisteht,
Und dann will ich mit dir umgehn,
Wie du einst mit mir auch umgingst!„

Sayavedra, der das hörte,
Kehrt sein Angesicht zum Mohren,
Und der Mohr schnellt seinen Bogen,
Doch der Pfeil kam nicht zum Ziele.

Und da faßte Sayavedra,
Traf auf ihn mit üblem Stosse;
Nieder stürzt der Renegate,
Ohn' ein Wort noch zu vermögen.

Sayavedra ward umringet
Von dem ganzen Mohrenpöbel,
Und am Ende sank er todt hin,
Todt von einer bösen Lanze.

Noch stritt Don Alonso tapfer;
Schon war ihm sein Roß erlegen,
Und sein todtes Roß muß jezo
Fechtend ihm statt Mauer dienen.

Aber Mohren über Mohren
Drangen auf ihn, sochten, stiessen;
Und vom Blut, das er verlohren,
Sinkt ohnmächtig Don Alonso.

Endlich; endlich sinkt er nieder
An dem Fuß des hohen Felsen,
Bleibet todt; doch Don Alonso
Lebet noch in ew'gem Ruhme.

9.

Zelindaja.

Spanisch.

Acht und acht, und Tag' auf Tage
Spielen Kampf die Sarrazinen,
Und die Aljataren gegen
Alarifen und Asargen.

Denn der König in Toledo
Feiert den beschwornen Frieden
Von Belchitens König, Zaid
Und Atarfen von Granada.

Andre sagen, dieses Fest sey
Für den König von Achagues;
Zelindaja hab's geordnet. —
Ihr zuletzt zu eignem Unglück.

Ein zum Kampf die Sarrazinen
Auf hellbraunen Pferden zogen;
Pommeranzenfarb' und grün sind
Ihre Mäntel, ihre Kleider.

Und das Sinnbild auf den Tartschen
Ist ihr Säbel; Amors Bogen
Ist gekrümmet aus dem Säbel,
Und das Wort ist: Feur und Blut!

Gleicherweise folgten ihnen
Zu dem Kampf die Alsatanen,
Röthlich ihre Ritterkleider,
Und besät mit weissen Blättern.

Und ihr Sinnbild ist ein Himmel
Auf den Schultern des Atlanten,
Und die Schrift dabei hieß also:
„Werd ihn halten, bis er sinkt!„

Ihnen nach die Klarissen
Folgten, köstlich angekleidet,
Gelb und röthlich Kleid und Mantel,
Einen Schleier statt des Ermels.

Und ihr Sinnbild war ein Knote,
Den ein wilder Mann zerreisset,
Und auf dem Kommandostabe
Stand: Die Tapferkeit gewinnet!

Jezt die ächt Asargen folgten,
Stolzer sie, als alle jene;
Violett und blau und gelbe,
Statt der Federn grüne Blätter.

Grüne Tartschen, und auf ihnen
Blauer Himmel, in dem Himmel
Schlungen sich zwo Händ', das Wort war:
„Alles fällt dem Grünen zu!„

Und dem König war's zuwider,
Daß sie so vor seinen Augen
Seine Müh zu Spotte machten,
Machten seinen Wunsch zunicht.

Sprach, als er den Trupp ersahe,
Sprach zu Selim, dem Alcaiden:
„Untergehen soll die Sonne;
Denn sie blendet mein Gesicht.„

Der Azarge warf Bohorden,
Die sich in der Luft verlohren,
Daß das Aug' es nicht verfolgte
Wo sie blieben, wo sie fielen.

In der Stadt an allen Fenstern
Standen schauend alle Damen;
Auf des Schlosses Gallerien
Bogen sich hervor die Damen.

Trat er vor, und trat zurücke,
Immer rief das ganze Volk ihm:
„Alla mit dir! Alla mit dir!"
Und der König: „Weg mit dir!"

Zelindaja unvorsichtig
Goß auf ihn, als er vorbeiflog,
Kostbar Wasser, ihn zu kühlen,
Da rief schnell der König: Halt!

Alle meinen, weil es spät sey,
Soll das Spiel zu Ende gehen;
Doch der eifersüchtge König
Rufet: „Nehmt ihn, den Verräther!" —

Schnell die beiden andern Züge
Werfen weg die Röhre, nehmen
Lanzen, fliegen auf ihn, wollen
Alle den Asargen fangen. —
Denn wer ist es, der dem Willen
Eines Königs in der Liebe widerstrebe?

Und die andern beiden Züge
Stehn entgegen; der Asarge
Spricht: „Die Liebe kennet freilich
Kein Gesez, doch soll sie's kennen!

Legt die Lanzen, meine Freunde,
Lasset sie die Lanzen heben!„
Und mit Mitleid und mit Siege
Schwiegen diese, jene weinten.
Denn wer ist es, der dem Willen
Eines Königs in der Liebe widerstrebe?

Endlich nahmen sie den Mohren,
Und das Volk, ihn zu befreien,
Theilt sich in verschiedne Haufen,
Sondert, sammlet, theilt sich wieder.

Doch da ihm ein Führer fehlet,
Der sie führe, sie ermuntre,
Gehn die Haufen auseinander,

Und das Murmeln hat ein Ende;
Denn wer ist es, der dem Willen
Eines Königs in der Liebe widerstrebe?

Einzig nur die Zelindaja
Ruft: „Befreit, befreit den Mohren!"
Will von ihrem Balkon nieder
Stürzen sich, ihn zu befreien.

Ihre Mutter, sie umfassend
Spricht: „Was hast, was hast du Thörin?
Sterb' er, ohne daß du zeigest,
Daß du nur sein Unglück wissest!
Denn wer ist es, der dem Willen
Eines Königs in der Liebe widerstrebe?

Schnell ein Bote kam vom König,
Der befahl, daß bei den Ihren
Eine Wohnung ihr zum Kerker
Angewiesen werden sollte.

Schnell sprach Zelindaja: „Saget
Eurem Herrn: mich nie zu ändern
Wähl' ich mir das Angedenken
Des Asargen zum Gefängniß;
Und ich weiß wohl, wer dem Willen
Eines Königs in der Liebe widerstrebe.“

10.

L i e b e.

Deutsch.

Es ist kein lieber Ding auf Erden,
Als Frauenlieb, wem sie mag werden.

Luther.

Nichts bessers ist auf dieser Erd',
Das köstlicher geschätzet werd',
Als Liebe, denn es ist bewährt,
Daß Lieb' zusamm'n vereinigt bald
Sinn, Herz, Gemüth mit ganz'r Gewalt,
Ob zwei nur hätten Ein' Gestalt.
Drum, was man sage, ich all's vernein;
Recht' Lieb' zu haben, bringt nicht Pein,
Wann beid' Herz Eines seyn.

Des Menschen Seel' ist tausendmal
Köstlicher ganz überall,
Als der sterblich' Mensch zumal.
Noch hat die Lieb' mit ihrer Macht.
Sie unt'r ihr süsses Joch gebracht;
Nehm' jed'r es wohl in Acht.
Drum, was man sagt, ist Schimpf und Scherz:
Recht' Lieb' zu haben, bringt nicht Schmerz,
Wer liebt ein treues Herz.

All' andre Freud' und Kurzweil gut,
Eh' eins damit erfrischt den Muth,
Vergehn, verschwinden thut.
Aber die Freud', so Lieb' mitbringt,
Bleibt viel Jahr', stets neu entspringt,
Von neuem ins Herz 'nein dringt.
Drum, was man sagt, ist all's ein Spott.
Recht' Lieb' zu haben, bringt kein' Noth,
Erfreuet bis in Tod.

II.

Ans Rennthier.

Lappländisch.

Kulnasaz, Rennthierchen, lieb Rennthierchen, laß
uns flink seyn,
Laß uns fliegen, bald an Stell' und Ort seyn!
Sümpfe sind noch weit daher,
Und haben fast kein Lied mehr.

Sieh da, dich mag ich leiden, Kaiga-See,
Leb wohl, du guter Kallva-See,
Viel schlägt mir's schon das Herze
Auf'm lieben Kaiga-See.

Auf, Rennthierchen, liebes, auf,
Fliege, fliege deinen Lauf!
Daß wir bald an Stell' und Ort seyn,
Bald uns unsrer Arbeit freun.

Bald ich meine Liebe seh —
Auf, Rennthierchen, blick und sieh!
Kulnasazlein, siehst du sie
Nicht schon baden?

12.

Lied der Freiheit.

Griechisch.

Myrrthenzweige sollen mein Schwert umhüllen,
Wie's Armodius und Aristogiton
Trugen, als sie die Tyrannei erlegten,
Und die Freiheit Athenen wiederschenkten.

Bist, Armodius, Liebster! nicht gestorben,
Auf der Seligen Inseln wohnst du, singen
Dich die Dichter, singen, daß Held Achilles
Und Tydides und Diomed da wohnen.

Myrrthenzweige sollen mein Schwert umhüllen,
Wie's Armodius und Aristogiton
Trugen, als sie, an Athenens Feste,
Den Tyrannen Ipparchus niederwarfen.

Euch, ihr Liebsten, ewiger Ruhm wird bleiben,
Dir, Armodius und Aristogiton,
Daß ihr einst den Tyrannen niederwarfet,
Und die Freiheit dem Vaterlande schenktet.

13.

Wunsch.

Griechisch.

O wär' ich eine schöne Lei'r
Von weissem Elfenbein,
Und trügen schöne Knaben mich
Zum Tanz in Libers Reihn!

Od'r wär' ich schönes grosses Gold
Noch nicht im Feur geglüht,
Und trüge mich ein schönes Weib
Von züchtigem Gemüth!

14.

Lob des Gastfreundes.

Griechisch.

O Tugend, schwer zu erringen
Dem sterblichen Geschlecht,
Des Lebens schönste Belohnung,
Jungfrau du!

Um deine Schöne gingen
Die Griechen freudig in Tod,
Bestanden harte Gefahren
Mit eisern Muth.

Du gibst dem Herzen
Unsterbliche Frucht,
Die süsser als Gold und Eltern ist,
Und als der zarte Schlaf.

Um deinetwillen hat Herkules
Und Leda's Söhne so viel ertragen,
Zeigten in Thaten
Deine Macht.

Aus Lieb' um dich ging Held Achill
Und Aeas ins Todtenreich,
Um deine süsse Gestalt hat sich Atarne's Gastfreund
Den Glanz der Sonne geraubet.

Unsterblich singet ihn, ihn den Thatenreichen,
O Musen, Töchter des Ruhms,
So oft ihr preiset den Gott verbündeter Treu
Und vester Freundschaft Lohn!

15.

Der Glückliche.

Englisch.

Gar hochgebohren ist der Mann,
Der seinem Willen leben kann,
Deß edler Muth sein Adel ist,
Sein Ruhm die Wahrheit sonder List.

Dem Leidenschaft niemals gebot,
Nicht fürchtet Leben, oder Tod,
Weis seiner Zeit wohl bessern Brauch,
Als fürs Gerücht, der Narren Hauch.

Von Hof und Frohnen frank und frei,
Von Heuchlern fern und Büberei,
Was soll der Schmeichler bei ihm thun?
Auch für'm Tyrannen kann er ruhn.

Er neidet nicht und hat nicht Neid,
Kennt nicht der Thoren Ueppigkeit;
Kennt nicht gestürzten Stolzes Schmach,
Was der für Wunden folgen nach.

Der nicht den Staat, nur sich regiert,
Und harmlos so den Szepter führt,
Mehr gibt, als nimmt, und bittet Gott
Um Dankbarkeit und täglich Brod.

Der Mann ist frei und hochgebohr'n,
Hat Glück und Hoheit nie verlohr'n,
Vor Höhen sicher, wie vorm Fall,
Und hätt' er nichts, so hat er's All.

16.

Lied eines wahnsinnigen Mädchen.

Englisch.

Frühmorgens, als ich gestern
Im Felde ging entlang,
Da hört' ich, wie im Thurme
Ein Mädchen lieblich sang;
Die Ketten rasselnd an der Hand,
Und sang so fröhliglich:
Mein Liebchen lieb' ich, denn ich weis,
Mein Liebchen liebet mich.

O harter, harter Vater,
Der riß ihn ab von mir!
Grausam, grausamer Schiffer,
Der fort ihn nahm von hier!

Seitdem bin ich so stille nun,
So still aus Lieb' um dich,
Und lieb' mein Liebchen, denn ich weis,
Mein Liebchen liebet mich.

O wär' ich eine Schwalbe,
Wie schlüpft' ich zu ihm heim!
Oder wär' ich eine Nachtigall,
Ich säng' in Schlaf ihn ein.
Könnt ich ihn an, nur an ihn sehn,
Vergnügt und froh wär ich!
Ich lieb mein Liebchen, denn ich weis,
Mein Liebchen liebet mich.

Kann ich, als ich am Ufer stand,
Den Tag vergessen je?
Und sah ihn nun zum leztenmal,
Den nie ich wieder seh.

Er kehrt' auf mich sein Auge noch,
    Ach, wie sprach das in mich! —
Mein Liebchen lieb' ich, denn ich weis,
    Mein Liebchen liebet mich.

Ich flecht' dir dieses Kränzchen,
    Mein Lieb', und flecht es fein,
Von Lilien und von Rosen,
    Und binde Thymjan drein.
Einst geb ich's denn, mein Liebster, dir,
    Wenn ich seh wieder dich.
Mein Liebchen lieb' ich, denn ich weis,
    Mein Liebchen liebet mich.

17.

Der entschlossene Liebhaber.

Englisch.

Soll ich schmachtend drum vergehn,
Daß ein Weibsbild ist so schön?
Oder meine Wangen bleichen,
Weil die Ihre Rosen gleichen?
Sey sie schöner als der Tag,
Wie der May nur schön seyn mag;
Ist sie mir nicht schön dabey,
Was frag' ich, wie schön sie sey.

Soll sich nagen drum mein Herz,
Weil das Ihre schwebt in Scherz?
Oder ich mich darum zwicken,
Daß sie jeden kann entzücken?
Sey sie hold, und holder, dann
Turteltaub' und Pelikan:
Ist sie mir nicht hold dabey,
Was frag' ich, wie hold sie sey.

Soll ein Weibsbild Tugend ha'n,
Daß mir keine bleiben kann?
Oder ich so treu ihr sterben,
Daß ich mir muß selbst verderben?
Sey sie gut und guter, dann
Sankt Agathe gut seyn kann,
Ist sie mir nicht gut dabey,
Was frag' ich, wie gut sie sey.

Gut und sanft und hold und schön,
Ich mag drum nicht untergehn!
Liebt sie mich, du kannst mir glauben,
Lieb' ich sie mit Treu der Tauben,
Will sie aber mich nicht sehn,
Gut für mich, ich laß sie gehn!
Ist sie nicht für mich, ei, ei!
Was frag' ich, für wen sie sey.

18.
Die Todtenglocke.
Englisch.

So, Liebste, lebe wohl!
Auf ewig lebe wohl!
Auf immer ich dich lassen,
Nun immer weinen soll!
Die Todtenglocke mit Trauerschall
Ruft: sie ist todt! sie ist nun todt!
So will ich aufs Haupt dir pflanzen noch
Ein Blümchen rosenroth.

Für meine Phyllis stand
Ihr Brautbett schon so schön,
Ach! statt ins Brautgemach,
Muß sie zu Grabe gehn.
Die Todtenglocke mit Trauerschall
Ruft: sie ist todt! sie ist nun todt!
So will ich aufs Haupt dir pflanzen noch
Ein Blümchen rosenroth.

Ihren Leichnam soll begleiten
Ein schöner Jungfraunreihn,
Bis sie ins Grab wird gleiten,
Und man wirft Erd' hinein.

Die Todtenglocke mit Trauerschall
Ruft: sie ist todt! sie ist nun todt!
So will ich aufs Haupt dir pflanzen noch
Ein Blümchen rosenroth.

Ihre Baare sollen tragen
Jünglinge, jung und schön,
Die, wenn sie sie begraben,
Traurig von dannen gehn.

Die Todtenglocke mit Trauerschall
Ruft: sie ist todt! sie ist nun todt!
So will ich aufs Haupt dir pflanzen noch
Ein Blümchen rosenroth.

Auf ihrem Sarg soll prangen
Ein Brautkranz, frisch und roth,
Der wird so traurig hangen,
„Ach! unsre Braut ist todt.„

Die Todtenglocke mit Trauerschall
Ruft: sie ist todt! sie ist nun todt!
So will ich aufs Haupt dir pflanzen noch
Ein Blümchen rosenroth.

Ihren Leichnam will ich zieren
Mit Bändern, reich und schön,
Ich aber, schwarz und dunkel
Muß ich von dannen gehn.

Die Todtenglocke mit Trauerschall
Ruft: sie ist todt! sie ist nun todt!
So will ich aufs Haupt dir pflanzen noch
Ein Blümchen rosenroth.

Ihr Grabmal will ich decken
Mit Blumen überhin,
Und meine Thränen werden
Sie immer pflegen grün.

Die Todtenglocke mit Trauerschall
Ruft: sie ist todt! sie ist nun todt!
So will ich aufs Haupt dir pflanzen noch
Ein Blümchen rosenroth.

Statt Bildes schöner Farben
Gemahlt mit Kunst und fein,
Will ich ihr Bildniß mahlen
Tief in mein Herz hinein.

Die Todtenglocke mit Trauerschall
Ruft: sie ist todt! sie ist nun todt!
So will ich aufs Haupt dir pflanzen noch
Ein Blümchen rosenroth.

Ins Herz, da will ich graben
Tief ihre Leichenschrift:
„Hier liegt das liebste Mädchen,
Das je ein Schäfer liebt.„

Die Todtenglocke mit Trauerschall
Ruft: sie ist todt! sie ist nun todt!
So will ich aufs Haupt ihr pflanzen noch
Ein Blümchen rosenroth.

In Schwarz will ich mich kleiden,
Schwarz sey mein Festkleid nun.
Weh mir! ich bin verlassen!
Wo sie ruht, will ich ruhn!

Die Todtenglocke mit Trauerschall
Ruft: sie ist todt! sie ist nun todt!
So will ich aufs Haupt dir pflanzen noch
Ein Blümchen rosenroth.

19.

Der Sächsische Prinzenraub.

Ein Bergmannslied.

Deutsch.

Wir woll'n ein Liedel heben an,
Was sich hat angespunnen,
Wie's im Pleißnerland gar schlecht war b'stallt,
Als den jungen Fürst'n geschah Gewalt,
Durch Kunzen von Kauffungen,
Ja Kauffungen!

Der Adler hat uf'n Fels gebaut,
Ein schönes Nest mit Jungen;
Und wie er einst war g'flogen aus,
Holt ein Geyr die Jungen heraus,
Drauf ward's Nest leer gefungen,
Ja gefungen!

Wo der Geyer auf'm Dache sizt,
Da deihen die Küchlein selten,
'S war Werl! ein seltsam Narrenspiel.
Welch'r Fürst sein'n Räthen getraut so viel,
Muß oft der Herr selbst entgelten,
Ja entgelten!

Altenbörg, dü feine Stadt,
Dich thät er mit Untreu meinen,
Da in dir war'n all' Hofleut voll,
Kam Künz mit Leitern und Buben toll,
Und holt die Fürsten so kleine,
Ja so kleine!

Was blaßt dich, Kunz, für Unlust an,
Daß du ins Schloß 'nein steigest?
Und stielst die zarten Herren heraus,
Als der Kurfürst eben nit war zu Haus,
Die zarten Fürstenzweige,
Ja Fürstenzweige!

Es war wohl als ein Wunderding,
Wie sich das Land beweget.
Was da uf'n Strassen waren für Leut,
Die den Räubern folgten nach in Zeit,
All's wibbelt, kribbelt, sich beweget,
Ja beweget!

Im Walde dort ward Kunz ertappt,
Da wollt he Beeren naschen,
Wär he in der Hast facken fortgeretten,
Daß 'm die Köhler nit geleppischt hetten,
Hätt he sie kunnt verpaschen,
Ja verpaschen!

Ab'r sie worden ihm wed'r abgejagt,
Und Kunz mit sinen Gesellen
Uf Grünhain in unsers Herrn Abts Gewalt
Gebracht, und darnach uf Zwicka gestallt,
Und musten sich lahn prellen,
Ja lahn prellen!

Darvor fiel ab gar mancher Kopf,
Und keiner, der gefangen,
Kam aus der Haft ganzbeinicht davon,
Schwert, Rad, Zang'n, Strick, die war'n ihr Lohn,
Man sah die Rümpfe hangen,
Ja hangen!

So gehts, wer wider die Obrigkeit
Sich unbesonnen empöret,
Wer's nicht meint, schau an Kunzen,
Syn Kop thut z' Freiberg noch 'runter schmunzen,
Und jed'rmann davon lehret,
Ja lehret!

20.

Ein Thüringerlied.

Aber so wolln wirs heben an,
Wie sich's hat angesponnen;
Es ist in unser Herrn Land also gestalt,
:Daß der Herren Räthe treib'n groß' Gewalt,
:Drauf haben sie gesonnen.

Thüringerland, du bist ein fein gut Land,
Wer dich mit Treun thät meinen,
Du gibst uns des Waizen und des Weins so viel,
Du könnt'st einen Land'sherrn wohl ernähr'n,
Und bist ein Ländlein so kleine.

Wo der Geier auf dem Gatter sizt,
Da deihen die Küchlein selten;
Es dünkt mich ein seltsam Narrenspiel,
Welcher Herr sein'n Räthen gehorcht so viel,
Muß mancher armer Mann entgelten.

Ein edler Herr aus Thüringerland,
Herzog Wilhelm von Sachsen,
Liesset ihr die alten Schwertgroschen wieder schla'n,
Als euer Voreltern hab'n gethan,
So möcht' eur Heil wohl wieder wachsen.

So würden die Städt' von Gelde reich,
So würden wieder gute Zeiten,
So könnten euch eur arme Leut beistahn,
Wenn ihr sie in Nöthen thät rufen an,
Es wär zu stürmen, oder zu streiten.

Wo das gut Geld im Land umfährt,
Das haben die Pfaffen und Juden,
Es ist dem reichen Mann alles unterthan,
Die den Wucher mit den Jüden ha'n,
Man vergleicht sie einem Stockruthen.

Hat einer dann der Pfennige nicht,
Er muß sie wahrlich schicken,
Der reiche Mann, der hats daheim in seinem Haus,
Er sieht gleich wie eine Steineule heraus,
So geschieht manchem Armen oft und dicke,

21.

Liedchen der Desdemona.

Aus Shakespear.

Englisch.

(Othello ist fortgegangen. Aemilie und Desdemona bleiben.)

Aemilie.

Und nun, gnädge Frau? Er sah doch jezt milder aus, als erst.

Desdemona.

Er sagt, er will gleich wieder hier seyn, und
Befahl mir stracks zu Bett zu gehn und hieß mir,
Dich fortzuschicken.

Aemilie.

Fortzuschicken mich?

Desdem.

So sagt er. Also, gute Aemilie,
Gib mir mein Nachtzeug und leb wohl!
Wir müssen ihn jezt nicht erzürnen.

Aemilie.

Oh
Ich wollt', ihr hättet ihn niemals gesehn.

Desdem.

So wollt ich nicht. Und mir gefällt er so,
Daß selbst sein harter Sinn, sein Ernst, sein Schmä-
len,
(Ich bitt dich, steck mich los!) mir süß und lieb ist.

Aemilie.

Die Tücher, die ihr mir befahlet, liegen
Schon auf dem Bette.

Desdem.

Alles Eins!
Du guter Vater, wie man thöricht ist!
Sterb ich vor dir, Aemilie, ich bitt dich,
Gib eins von diesen Tüchern mir in Sarg —

Aemilie.

Ah kommt, ihr schwätzet —

Desdem.

Mein' Mutter hatt' ein Mädchen, Barbara
Hies sie, die war verliebt. Und ihr Liebhaber
Ward närrisch und verließ sie. Die hatt' da
Ein Liedchen: Weide, Weide! — 'n altes Ding,
Aber ganz gemacht für ihren Zustand. Sie
Sang es und starb damit. Das Lied will mir
Den ganzen Abend nicht aus meinem Sinn,
Ich hab zu thun, daß ich nicht auch den Kopf
So hangen laß' auf Eine Seit' und sing' es,
Wie die arme Barbara. ' bitt dich, mach fort.

Aemilie.

Soll ich das Nachtzeug holen?

Desdem.

Nein, nur hier
Steck mich noch los. Der Ludoviko
Ist doch ein artiger Mann.

Aemilie.

Ein hübscher Mann.

Desdem.

Und spricht sehr gut. —

Aemilie.

Ich weis eine Dame in Venedig, die nach dem gelobten Lande barfuß gewandert wäre, um einen Druck von seiner Unterlippe.

Desdemone singt.

Arm' Mädchen saß singend, am Waldbaum saß sie,
Singt alle, mein Kränzel ist Weide. *)
Die Hand lag am Busen ihr, 's Haupt am Knie,
Singt Weide, grüne Weide!
Der Strom kalt daneben ihr, murmelt ihr Ach,
Singt Weide, grüne Weide!
Und Thränenfluth floß ihr, die Felsen wohl brach,
Bitt dich, mach fort, er ist den Augenblick da.

*) Nach der alten Volkssitte in England ist Weide das Trauerlaub insonderheit für unglückliche Liebende.

Singt alle, von Weiden mein Kränzlein muß
seyn,
Komm niemand und tadl' ihn. Er gefällt mir
nun so.

Nein das folgt noch nicht. Horch, was klopft?

Aemilie.

'S ist der Wind.

Desdem.

Ich nannt' ihn mir treulos. Was antwort't
er mir:
Gefallen mir Mädchen, die Bübchen wohl
dir = =

So, nun kannst du gehen. Gute Nacht. Mir jucken meine Augen, das bedeutet Weinen.

Aemilie.

O nicht doch! —

Gute Nacht, gute Nacht! Mir steh der Him-
mel bei,
Daß ich nicht schlimm durch schlimm, durch
Schlimmes besser sey!

* * *

(Desdemone schläft. Othello mit Licht und Schwert.)

Ja es verdienets, es verdients, mein' Seel!
Laßt michs nicht nennen euch, ihr keuschen Sterne!
Verdients! — Doch will ich nicht ihr Blut vergiessen,
Nicht ritzen diese Haut so weiß wie Schnee,
So sanft wie 'n Alabasterbild im Grabmal *)

(Er legt das Schwert nieder.)

Nur sterben muß sie, sonst betrügt sie mehr!
Thu aus das Licht! und dann — dann? aus das Licht,
Lösch' ich dich aus, dienstbare Flamme, dir
Kann ich dein erstes Licht wohl wiedergeben,
Falls es mich reute. Aber dir! — Einmal
Dein Licht Dir ausgethan, du künstlichste
Gestalt der Meisterin Natur, so weis ich
Nicht, wo Promotheus Feuer ist, das dir
Dein Licht anzünde wieder —

(Er sezt das Licht nieder.)

*) Ausserordentlich treffend im Anblick, wie sie schläft.

Hab ich sie abgepflückt die Rose, ich
Kann ihr nie Wuchs des Lebens wiedergeben.
Sie muß verwelken. Nun so will ich dich
Noch kosten auf dem Zweige.

(Er küßt sie.)

Süsser Hauch!
Fast überredt *) er die Gerechtigkeit,
Ihr Schwert zu brechen. — Noch einmal, einmal!
Sey, wenn du todt bist, so, und ich will dich tödten
Und nachher lieben. Einmal noch — das Lezte! —
So süß war nie so traurig! Ich muß weinen,
Nur sinds grausame Thränen. Dieser Schmerz
Ist Himmelszorn, er schläget, wo er liebt! —
Sie erwacht — — —

*) Othello dünkt sich immer Richter, nicht Mörder.

22.

Süßer Tod.

Englisch.

Ist's wahr, daß Liebe sich an Tönen labet,
Spiel auf! gib ihrer mir genug! zu gnug!
Daß übersättigt meine Liebe schwinde
Und sterbe. Noch einmal den Gang! — Er fällt
So sterbend! O, er überschlich mein Ohr,
So wie das süsse Lüftchen übers Beet
Von Veilchen haucht und stiehlt und gibt Gerüche —
Genug — nicht mehr! Dies klingt nicht mehr so
süß. —

— Nur, lieber Freund, das Stückchen! — jenen alten
Altvatersang, wir hörten's gestern Nacht —
Und mich dünkt, all mein Herz hob sich empor,
O, mehr als bei den luft'gen Arien,
Dem Wortgeleise unsrer hüpfenden
Taumelnden Zeiten — komm — Ein Vers'chen nur!

Komm, lieber Junge, was wir gestern Nacht —
Merk es, Cesario, 's ist alt und plan,
Die Spinn- und Knittemädchen an der Luft,
Die Stubenmädchen, wenn ihr Garn sie weben,
So singen sie's; 's ist Honigsüß, es dahlt
So mit der Unschuldliebe, wie man vormals
Noch liebte — Bitt dich, sing'!

(Der Knabe singt.)

Süsser Tod, süsser Tod, komm,
Komm, senk mich nieder ins kühle Grab!
Brich, o Herz, brich, o Herz fromm,
Stirb fromm der süssen Tyrannin ab!

Mein Gruftgewand schneeweiß und rein,
Legt es fertig!
Kein Bräut'gam hüllte je sich drein
So fröhlich.

Keine Blum', keine Blum' süß
Sollt ihr auf'n schwarzen Sarg mir streun!
Keine Thrän', keine Thrän' fließ,
Wo sanft wird ruhn mein Todtenbein!
Ach tausend, tausend Seufzer schwer —
Mein — ihr Meinen,
Legt hin mich, wo kein Liebender
Komme weinen.

23.

Opheliens verwirrter Gesang um ihren erschlagenen Vater.

Aus Shakespear.

Königin.

Ich will nicht mit ihr sprechen —

Edelmann.

Aber sie ist dringend, in der That von Sinnen, sie verdienet wahrlich Mitleid.

Königin.

Was will sie?

Edelmann.

Sie spricht von ihrem Vater viel. Sie sagt, sie hör', 's geb Kniffe in der Welt, und ächzt,

schlägt an die Brust sich, stößt den Strohhalm fort,
spricht Dinge zweiflich, nur mit halbem Sinn;
die Worte sagen nichts, und dennoch bringt
das ungestalte Nichts die Hörenden
zum Denken; sie fang'n es ihr auf, und passen's
auf ihren eignen Sinn. Sie winkt, sie schüttelt,
sie macht Gebehrden, daß man glauben muß,
sie denke was dabei, doch weis man nichts
gewiß und meist unglücklich —

Horatio.

Es wäre gut,
man spräche mit ihr, denn sie könnte doch
in Uebeldenkenden gefährlichen
Verdacht erregen.

Königin.

Laßt sie ein! So gehts
der Sünde. Meiner kranken Seele scheint
nun jeder Tand ein Bote grossen Unglücks.
So voll kunstlosen Argwohns ist Unthat;
sie fürchtet stets und fördert selbst Verrath.

(Ophelia tritt ein, wahnsinnig.)

Ophel.

Wo ist die schöne Majestät von Dännmark?

Königin.

Wie gehts, Ophelia?

Ophel.

Woran soll ich dein Liebchen denn,
Dein Liebchen kennen nun?
An seinem Pilgerhut und Stab,
Und seinen Sandelschuh'n.

Königin.

Ach süsses Mädchen, was soll dieses Lied?

Ophel.

Sagt ihr, was 's soll? Ich bitt euch, hört:

Er ist todt und hin, ist todt und hin
Gegangen ins Grab hinein.
Zu seinem Haupt ein Rasen liegt,
Zu Füssen ihm ein Stein.

(Der König tritt herein.)

Königin.

Aber Ophelia —

Ophel.

Ich bitt euch, hört:

Sein Leichenhemd wie weisser Schnee

Königin zum Könige.

Ach, seht sie an.

Ophel. singt fort:

Bestreut mit süssen Blumen —
Es ging zum Grab' hin naß bethaut
Mit treuer Liebe Thränen. — —

König.

Wie lange war sie so?

Ophel.

Ich hoffe, es wird alles gut gehen; wir müssen geduldig seyn: doch kann ich nicht anders, ich muß weinen, wenn ich denke: sie wollen ihn in die kalte Erde legen. Mein Bruder soll davon wissen; und so schönen Dank für guten Rath. Komme! mein Wagen! — Gute Nacht, ihr Damen, gute Nacht, süsse Damen, gute Nacht, gute Nacht! —

(Sie geht ab.)

(Ihr Bruder Laertes, und der König sind zusammen. Es wird ein Geräusch. Ophelia kommt, phantastisch geschmückt mit Stroh und Blumen. Laertes, der sie sieht:)

O Hitze! trockne auf mein Hirn. Ihr Thränen
Sieb'nfach gesalzen, brennt mein Auge stumpf!
Beim Himmel, Mädchen, deine Raserey
Soll schwer bezahlet werden, daß die Schale
Aufsliege. Rosenknöspchen, süsses Mädchen,
Ophelia, liebe Schwester! Himmel, ists,
Ists möglich? der Verstand ein's jungen Mädchen
Kann mit ein's alten Mannes Leben hinseyn!
Natur, du bist fein in der Liebe! fein,
Du schickst von deinem Selbst ein kostbar Etwas
Dem Dinge, das du liebest, nach —

Ophel. singt:

Sie trug'n ihn auf der Baare blos,
Und manche Zähr' aufs Grab ihm floß —
Fahr wohl, mein Täubchen —

Laert.

Hätt'st du noch deinen Witz und wolltest mich
Zur Rache überreden; Könnt'st du's mehr?

Ophel.

Ihr müßt singen:
Nieder! Nieder!
Senken ihn nieder!
Wie herrlich der Schluß passet!
Nieder! Nieder!
Er ist aus dem falschen Verwalter, der seines Herrn Tochter stahl. *)

*) Vermutlich eine Ballade, die sich mit der in Englischen Liedern des Inhalts oft vorkommenden Zeile down-a endet, und das ihr Unsinn hier trefflich auf den König passet.

Laert.

Das Nichts ist mehr als Viel gesagt!

Ophel.

Da ist ein Sträuchchen Rosmarin; es ist zum Andenken. Bitt dich, Liebchen, denk an mich! und da ist ein Vergiß mein nicht, auch zum Andenken —

Laert.

Ein Denkmaal im Wahnsinn! — Andenken, Erinnerung, wie sie sich gehören.

Ophel.

Da ist Fenchel für euch und Agley. Da ist Raute für euch, und hier auch etwas für mich. Wir wollen's Andachtskraut nennen, für den Sonntag; auch ihr müßt eu'e Raute hübsch mit Unterschied tragen. Hier noch ein Maasliebchen; ich wollt' euch auch gern einige Veilchen geben, aber sie welkten alle, da mein Vater starb. Sie sagen, er hab' ein gut End genommen:

Denn mein lieber Süsser ist all meine Lust.

Laert.

Andenken, Gram und Jammer, die Hölle selbst
Macht sie zu Lieb' und Anmuth —

Ophel.

Und wird er denn nicht wieder kommen?
Und wird er denn nicht wieder kommen?
Nein! nein! er ist todt!
Er liegt auf seiner Leichenstätt.
Geh auch ins Todesbett,
Er wird nicht kommen! Er kann nicht kommen!

Schneeweiß, Silber war sein Bart,
Flächsenzart sein Scheitel war.
Er ist hin, Er ist hin!
Werfen wir's Seufzen hin,
Hab er die seel'ge Ruh.

Und alle Christenseelen. Gott mit euch —

(geht ab und kommt nur wieder im Sarge.)

24.

Klaggesang
von
der edlen Frauen des Asan=Aga.

Morlackisch.

Was ist weisses dort am grünen Walde?
Ist es Schnee wohl, oder sind es Schwäne?
Wär es Schnee da, wäre weggeschmolzen,
Wären's Schwäne, wären weggeflogen.
Ist kein Schnee nicht, es sind keine Schwäne,
'S ist der Glanz der Zelten Asan Aga;
Niederliegt er drein an seiner Wunde.

Ihn besucht die Mutter und die Schwester,
Schamhaft säumt sein Weib zu ihm zu kommen.

Als nun seine Wunde linder wurde,
Ließ er seinem treuen Weibe sagen:
„Harre mein nicht mehr an meinem Hofe,
Nicht am Hofe, und nicht bei den Meinen!„

Als die Frau dies harte Wort vernommen,
Stand die treue starr und voller Schmerzen,
Hört der Pferde Stampfen vor der Thüre,
Und es deucht ihr, Asan käm', ihr Gatte,
Springt zum Thurme, sich herab zu stürzen.
Aengstlich folgen ihr zwei liebe Töchter,
Rufen nach ihr, weinend bittre Thränen:
„Sind nicht unsers Vaters Asans Rosse!
Ist dein Bruder Pintorowich kommen.„

Und es kehrt zurück die Gattin Asans,
Schlingt die Arme jammernd um den Bruder:
„Sieh die Schmach, o Bruder, deiner Schwester!
Mich verstoßen! Mutter dieser Fünfe!„

Schweigt der Bruder und zieht aus der Tasche,
Eingehüllet in hochrothe Seide,
Ausgefertiget den Brief der Scheidung,
Daß sie kehre zu der Mutter Wohnung,
Frei sich einem andern zu ergeben.

Als die Frau den Trauer-Scheidbrief sahe,
Küßte sie der beyden Knaben Stirne,
Küßt die Wangen ihrer beiden Mädchen.
Aber, ach! vom Säugling in der Wiege
Kann sie sich im bittern Schmerz nicht reissen;
Reißt sie los der ungestüme Bruder,
Hebt sie auf das muntre Roß behende,
Und so eilt er mit der bangen Frauen
Grad nach seines Vaters hoher Wohnung.

Kurze Zeit war's, noch nicht sieben Tage,
Kurze Zeit gnug, von viel grossen Herren
Liebe Frau in ihrer Wittwen Trauer,
Liebe Frau zum Weib begehret wurde.

Und der gröste war Imoskis Cadi.
Und die Frau bat weinend ihren Bruder:
„Ach, bei deinem Leben! bitt ich, Bruder:
Gib mich keinem andern mehr zur Frauen,
Daß das Wiedersehen meiner lieben
Armen Kinder mir das Herz nicht breche.„

Ihre Reden achtet nicht der Bruder,
Fest Imoskis Cadi sie zu trauen.
Doch die Frau, sie bittet ihn unendlich:
„Schicke wenigstens ein Blat, o Bruder,
Mit den Worten zu Imoskis Cadi:
Dich begrüßt die junge Wittib freundlich,
Und läßt durch dies Blat dich höchlich bitten,
Daß, wenn dich die Suaten her begleiten,
Du mir einen langen Schleier bringest,
Daß ich mich vor Asans Haus verhülle,
Meine lieben Waisen nicht zu sehen.„

Kaum ersah der Cadi dieses Schreiben,
Als er seine Suaten alle sammelt,

Und zum Wege nach der Braut sich rüstet,
Mit dem Schleier, den sie heischte, tragend.

Glücklich kamen sie zur Fürstin Hause,
Glücklich sie mit ihr vom Hause wieder;
Aber als sie Asans Wohnung nahten,
Sahn die Kinder oben ab die Mutter,
Riefen: „Komm zu deinen Kindern wieder,
Iß mit uns das Brod in deiner Halle!„
Traurig hört es die Gemahlin Asans,
Kehrete sich zu der Suaten Fürsten:
„Bruder, laß die Suaten und die Pferde
Halten wenig vor der lieben Thüre,
Daß ich meine Kleinen noch beschenke.„

Und sie hielten vor der lieben Thüre.
Und den armen Kindern gab sie Gaben,
Gab den Knaben goldgestickte Stiefel,
Gab den Mädchen lange reiche Kleider,

Und dem Säugling hülflos in der Wiegen
Gab sie für die Zukunft auch ein Röckchen.

Das beiseit sah Vater Asan Aga,
Rief gar traurig seinen lieben Kindern:
„Kehrt zu mir, ihr lieben armen Kleinen,
Eurer Mutter Brust ist Eisen worden,
Fest verschlossen, kann nicht Mitleid fühlen!„
Wie das hörte die Gemahlin Asans,
Stürzt' sie bleich, den Boden schütternd, nieder,
Und die Seel' entfloh dem bangen Busen,
Als sie ihre Kinder vor sich fliehn sah.

Verzeichniß.

Erstes Buch.

1. Das Lied vom jungen Grafen. Deutsch. S. 15

Aus dem Munde des Volks in Elsaß. Die Melodie ist traurig und rührend; an Einfalt beinah ein Kirchengesang.

2. Die schöne Rosemunde. Englisch. 18

Aus den Reliqu. of anc. English Poetry Vol. II. p. 141. Es ist bereits in der N. Bibl. der sch. Wiss. Th. 2. St. 1. und, mich dünkt, sonst übersezt gewesen. Eine schöne Bußfertige von Corregio gemahlt, den Todesbecher in der Hand, in andächtiger Gestalt der mittlern Zeiten.

3. Die kranke Braut. Litthauisch. 31

4. Abschiedslied eines Mädchens. Litthauisch. 33

5. Der versunkne Brautring. Litthauisch. 35.

Die Litthauischen Daino's, die in diesem Theile vorkommen, sind dem Sammler von Herrn P. K. in K. worden. Leßings Urtheil über die Liederchen dieses Volks (Litter. Br. Th. 2. S. 241.) ist schon unter den Zeugnissen von Volksliedern angeführt. „Homers monotomisches Metrum (sagt der Verf. der Kreuzzüge des Philologen S. 216.) sollte uns wenigstens eben so paradox vorkommen, als die Ungebundenheit des deutschen Pindars. Meine Bewunderung oder Unwissenheit von der Ursache eines durchgängigen Silbenmaaßes in dem griechischen Dichter ist bei einer Reise durch Kurland und Liefland gemäßigt worden. Es gibt in angeführten Gegenden gewisse Striche, wo man das lettische oder undeutsche Volk bei aller ihrer Arbeit singen hört, aber nichts als eine Kadenz von wenig Tönen, die mit einem Metro viel Aehnlichkeit hat. Sollte ein Dichter unter ihnen aufstehen: so wäre es ganz natürlich daß alle seine Verse nach diesem eingeführten Maaßstab ihrer Stimmen zugeschnitten seyn würden. Es würde zu viel Zeit erfordern, diesen kleinen Umstand in sein gehörig Licht zu sezen. und mit mehreren Phänomenen zu vergleichen.„

6. Das Lied vom eifersüchtigen Knaben. Deutsch. S. 31

Die Melodie hat das Helle und Feierliche eines

Abendgesanges, wie unterm Licht der Sterne, und der Elsasser Dialekt schließt sich den Schwingungen derselben treflich an, wie überhaupt in allen Volksliedern mit dem lebendigen Gesange viel verlohren geht. Der Inhalt des Liedes ist kühn und schrecklich fortgehende Handlung: ein kleines lyrisches Gemählde, wie etwa Othello ein gewaltiges, großes Freskobild ist. Der Anfang des Liedes ist mehrern Volksliedern eine Lieblingsstelle.

7. Alfanzor und Zaida. Engl. S. 41

Aus den Reliq. of anc. Poetr. Vol. I. p. 342. Die schöne Romanze ist schon dreimal übersezt, daß ich wünschte, sie erschiene jezt zum leztenmal. Im Englischen ist sie nur Nachahmung; das Spanische Original.

8. Zaid und Zaide. Span. 48

ist aus der Hist. de las guerras civiles de Granada genommen und hier zur Vergleichung beigerückt worden. Die folgenden Stücke

9. Zaid an Zaida. Span. 53
10. Zaida an Zaid. Span. 56

Die Spanischen Romanzen sind die simpelsten, ältesten und überhaupt der Ursprung aller Romanzen.

11. Zaida's traurige Hochzeit. Span. S. 61

Sind aus eben der Quelle p. 45. b. p. 51. p. 53. alle gewisser Maasse Fortsezung Einer Geschichte.

12. Der Flug der Liebe. Deutsch. 67

Die Melodie ist dem Inhalt angemessen, leicht und sehnend.

13. Wiegenlied einer unglücklichen Mutter. Schott. 69

Das Original steht in den Reliqu. Vol. II. p. 194. unter dem Titel Lady Anne Bothwell's lament und ist, wie die schönsten lyrischen Stücke aller Zeitalter und Sprachen, Ausdruck einer wahren Empfindung. Mich dünkt, in diesem Stücke sieht man die verlassene Mutter über der Wiege hangen, die väterlichen Züge im Angesicht des Kindes betrachten, weinen und sich damit trösten.

14. Heinrich und Kathrine. Engl. 73

Aus Ramsay's Tea-table miscell. Vol. II. p. 213. Es ist in Ursinus Balladen schon übersezt erschienen.

15. Das Mädchen am Ufer. Engl. 77

Aus Ramsay's Tea-table miscell Vol. II. p. 25. Gleichfalls übersezt in Ursinus.

16. Ulrich und Aennchen. Deutsch. 79

17. Die Herrlichkeit Granada's. Span. 83

Aus der Hist. de las guerras civiles p. 18.

18. Abenamars unglückliche Liebe. Span. 87

Eben daher p. 37. b. Die Romanze steht weitläuftiger im Cancionero de Romances p. 191. aber darum nicht besser; auch diese ist nur Fragment.

19. Der Schiffer. Schott. 89

Relics T. I. p. 77.

20. Aennchen von Tharau. Deutsch. 92

Es hat sehr verlohren, da ichs aus seinem treuherzigen, starken, naiven Volksdialekt ins liebe Hochdeutsch habe verpflanzen müssen, ob ich gleich, so viel möglich war, nichts geändert. Das Lied ist von Simon Dach und steht im 5ten Theil der Arien Alberti's zum Singen und Spielen. Z. 25. Königsb. 1648. 32. Fol.

21. Die drei Fragen. Englisch. 95

Aus einer Englischen Sammlung Lieder und Balladen, mit dem Titel: Wit and mirth or pills to purge Melancholy. Vol. II Lond. 1712. Es steht daselbst S. 129. mit seiner Melodie unter dem Namen: a riddle wittily expounded.

22. Die Wiese. Englisch. 98

Eben daher Vol. — ich weiß nicht in welchem unter den fünfen.

23. Röschen und Kolin. Englisch. S. 100
Man spürt wohl, daß die Romanze neu ist. Sie ist von Tickel (s. Reliqu. T. III. p. 234.) und ist sonst unter dem Titel Hannchen und Lukas erschienen. Ich habe die ersten beiden Strophen auslassen müssen und sonst simplicirt, wie ich gekonnt habe, um die überflüssigen Tickelschen Schönheiten ihr etwa zu rauben; ich glaube nicht, daß sie dabei verlohren hat.
24. Die lustige Hochzeit. Wendisch. 104
Aus Eckards Hist. stud. Etymol. ling. German. Hannov. 1711. S. 269-73.

Zweytes Buch.

1. Das Mädchen und die Haselstaube. Deutsch. 109
2. Lied des Mädchens um ihren Garten. Litthauisch. 111
3. Lied des jungen Reuters. Litth. 113
4. Der unglückliche Weidenbaum. Litth. 116
5. Vom verwundeten Knaben. Deutsch. 118
6. Die Judentochter. Schott. 120
(Reliqu. T. I. p. 35.) Ein graulich schauderhaft Mährchen, dessen Sage einst so vielen

Juden oft Land und Leben gekostet. Der Mord- und Nachklang des Originals ist fast unübersezbar.

7. Wilhelm und Margreth. Schott. S. 124

(Reliq. Vol. III. p. 119.) Wenn bei diesem und ähnlichen Liedern die Anzahl der Silben das Versmaas überläuft und gleichsam überschwemmet; so liegt in der Uebersezung wohl nicht der Fehler darinn, daß man nicht vier Füße und acht Sylben zählen konnte, oder sie sammt züchtigen, niedlichen Reimen hätte finden können; sondern weil das Original im Ton und Gange damit Alles verlohren haben würde. Wem diese alte Romanze nicht gefällt, der lese die folgende neuere.

8. Ein Gesang von Milos Cobilich und Vuko Brankowich. Morlack. 130

Aus Fatis Osservazioni sopra l' isola di Cherso ed Osero, Venet. 1771. 4. nach seiner Italienischen Uebersezung daselbst p. 162.

9. Dusle und Babele. Ein Schweizerlied. 139

Die Melodie ist leicht und steigend, wie eine Lerche; der Dialekt schwingt sich in seiner lebendigen Wortverschmelzung ihm nach; wovon freilich in Lettern auf dem Papier wenig bleibet.

10. O Weh, o Weh. Schott. S. 141

(Reliq. Vol. III. p. 143.) Ein alter Gesang und wie voll Ausdrucks wahrhafter Empfindung! Arthurs Siz ist ein Hügel bei Edinburg: St. Antonsbrunn ist an ihm: eine Romantische Gegend, wie in Schottland so viele.

11. Wend', o wende diesen Blick. Engl. 144

Shakespear hat dies trefliche Lied in seinem Meas. for measure Act. IV. Sc. I. gebraucht, wer kanns aber übersezen?

12. Morgengesang. Engl. 145

Aus Shakespear Cymbel. Act. 2. Sc. III. Es ist, wie mit dem Vorhergehenden.

13. Einige Zauberlieder. Engl. 146

Aus Shakespear Tempest. Act. 5. Sc. III. Act. I. Sc. V. Ausser der Uebersezung Shakespears stehts noch in der Bibl. der sch. W. Th. 4. S. 646. übertragen. — Im Original ist ein Zauberton, wie aus einer Welt andrer Wesen.

14. Elvershöh. Ein Zauberlied. Dänisch. 152

S. die Kämpe-Wiiser. Koppenh. 1739. S. 160. Auch Briefe über Merkw. der Liter. B. 1. S. 110. Der Zauber des Originals ist unübersezbar.

15. Zaubergespräch Angantyrs und Hervors. Skald. S. 156

Aus Hickes Thesaur. lingu. Septentr. P. I. p. 193-95. der es aus der Hervarar Saga genommen. Fehler in dieser und andern Sprachen der Art, wo sie vorkommen sollten, werden bessere Kenner verzeihen, da sie dem Uebersezer kein jahrelanges Studium haben seyn können, und diese alten Stücke selbst für eingebohrne Gelehrte Dunkelheiten haben.

16. König Hako's Todesgesang. Skald. 166

In Bartholin. Caus. contemt. mort. p. 522-28. steht er unvollständig und in Mallets Mythol. der Nordvölker arg verstümmelt. Die Norwegssaga hat ihn ganz, aus der ich ihn einmal abgeschrieben; ich habe sie aber zum Citiren nicht bei der Hand.

17. Morgengesang im Kriege. Skald. 175

Aus Barthol. l. c. p. 178. In den Kiämpe Viiser stehts S. 392. aber in gereimten unausstehlichen Versen, und mit neuerm Anwuchs.

18. Schlachtgesang. Deutsch. 177

Die lezte Strophe aus einem langen Schlachtliede bei Morhof von der deutschen Poeterei. Es ist gewiß alt und hat, auch der Diktion nach, herrliche Stellen: Percy würde ohne Zweifel damit ein Buch ange-fangen haben; aber wir? uns gesitteten Deutschen trage man so etwas auf! Wer will, lese es also im Morhof.

19. Gazul und Lindaraja. Span. S. 179

Aus der Hist. de las guerr. civil. de Granada p. 534.

20. Gazul und Zaida. Span. 187

Eben daher p. 538.

21. Der Brautkranz. Span. 192

Ebenfalls S. 541. Namen, z. E. Zelindacha, Lindaracha sind mit Vorsaz gemildert.

22. König Esthmer. Engl. 195

Reliqu. Vol. I. p. 59. Ich habe mir ein Gewissen draus gemacht, dies wunderliche, aber trefliche, lustige, alte Biedermährchen auch nur im mindesten zu schminken oder zu verschönen. Man muß es als Mährchen lesen und nicht anders.

23. Die erste Bekanntschaft. Litth. 213

24. Liebchen der Sehnsucht. Deutsch. 215

Aus einem Ausbunde schöner, weltlicher und züchtiger deutscher Lieder, (in queer 8.) aus dem wir noch manches gute Lied und Fragment haben werden.

Drittes Buch.

1. Der Knabe mit dem Mantel. Engl. S. 219

S. Reliq. Vol. III. p. 1.

2. Das Lied vom Herrn von Falkenstein. Deutsch. 238

Ein treflich Lied im Gange des Ganzen, und in einzelen Stellen.

3. Waldgesang. Aus Shakespear. 235

(As you like it. Act. 2. Sc. 5.) Es singt, wie ein Vogel unter grünem Zweige.

4. Waldlied. Aus Shakespear. 237

(Eben daher Act. 2. Sc. 10. Ausser dem Zusammenhange des Romantischen Waldstücks: müssen diese Lieder freilich verlieren.

5. Grablied eines Landmanns. Aus Shakesp. 239

(Cymbel. Act V. Sc. V.) Es klingt wie der lezte dumpfe Wurf der Grufterde auf seinen gesenkte Sarg.

6. Lied des gefangnen Asbiorn Prude. Skald. 242

(S. Barthol. p. 158. Gereimt und modernisirt in den Kiämpe Viiser. S. 411.)

7. Das Hagelwetter. Skald. 247

(Barthol. p. 233. Kämps. Wiss. S. 414.)

8. Der blutige Strom. Span. S. 250

S. Reliq. Vol. I. p. 333. genommen aus der hist. de las guerr. civil. p. 567. So wohl in diesem Buche S. 565. als im Cancionero de Romances (Anvers 1568.) stehen noch zwo verschiedene Romanzen des Anfangs Rio verde, rio verde.

9. Zelindaja. Span. 254.

Hist. de las guerr. civil. p. 196.

10. Liebe. Deutsch. 262

11. Ans Renthier. Lappländisch. 264

(Scheffer. Lappon. p. 282.)

12. Lied der Freiheit. Griech. 266

Die berühmte Skolie aus Athenae. l. 15. c. 15. Sie ist mit den beiden folgenden bereits übersezt gewesen in la Nauze Abhandlung von den Liedern der alten Griechen, hinter Hagedorns Poet. Werk. Th. 3. S. 234. 240. Das daselbst S. 252. angeführte sogenannte kriegerische Lied des Hybrias von Kreta halte ich für nichts als ein Spottlied auf die „häuslichen„ Krieger oder, wie wirs nennen, die Heldenmässigen Philister. Ich übersezte es also ungefähr:

Mein grosser Schaz ist Spieß und Schwert,
Und ein schöner Schild, der den Leib bedeckt:
Damit kann ich pflügen und ernten,
Auch lesen süßen Wein.
Damit bin ich auch Herr im Hause!
Und wer's nicht wagt zu haben Spieß und Schwert,
Und ein'n schönen Schild, der den Leib bedeckt,
Der falle mir stracks zu Füssen,
Und nenne mich Herr Groß-Mogul! —

Unmöglich kann ein Grieche im Ernst also gesungen haben.

13. Wunsch. Griech. S. 268

14. Lob des Gastfreundes. Griech. 269

Die berühmte Scholie des Aristoteles, ebenfalls beim Athenäus l. 15. c. 16. und in obiger Abhandlung des Nauze auch übersezt.

15. Der Glückliche. Engl. 271

(Reliq. Vol. I. p. 120. Frei übersezt.)

16. Lied eines wahnsinnigen Mädchen. Engl. 273

(Essays on Songwriting. II ed. Lond. 1774. p. 76.)

17. Der entschloßne Liebhaber. Engl. 276

(Reliqu. Vol. III. p. 190.) Es ist von Georg Wither; dies ist, meines Wissens, die dritte

Uebersezung und ich wollte, daß es auch die lezte wäre. Einen Vers habe ich ausgelassen — mit Fleiß.

18. Die Todtenglocke. Engl. S. 279

(Reliqu. Vol. II. p. 263.) Es war dem Uebersezer mehr um den rührenden Ton dieses Trauer- und Todtenliedes zu thun, als um seinen Inhalt.

19. Der sächsische Prinzenraub. Deutsch. 284

Ich liefre dies Bergmannslied und das Nachfolgende nur zur Probe, wie die Deutschen Lieder aufnehmen, die, wie diese Beide, ein zum Bewundern treues Gemählde der Sprache, Denk- und Gehart einer Provinz, theils an sich, theils insonderheit über den und jenen bekannten Vorfall, sind. Schon in solchem Betracht sind Gesänge der Art höchst schäzbar: sie sagen mehr als eine lange Karakteristik des Geschichtschreibers. Und überdem sollte dies Lied nicht mehr werth seyn, als Trillers große Epopee über diesen Vorfall?

20. Ein Thüringer Lied. 288

Aus Spangenbergs Mansfeldischer Chronik S. 387. „Diese Zeit wurden Lieder gemacht und gesungen, darinn die Obrigkeit erinnert und ermahnet ward, in der Regierung Gleichmässigkeit zu halten, dem Adel nicht zu viel Freiheit und Gewalt zu verhängen, den Bürgern in Städten nicht zuviel Pracht und Gepränges zu verstaten, das gemeine Baursvolk nicht über Macht zu beschweren, die Strassen rein zu halten und jedermann Recht und Billigkeit wiederfahren zu lassen. Von welchen Liedern sind noch etliche Gesezlein vorhanden, so etwan von alten Leuten, die sie in ihrer Jugend von ihren Eltern gehöret, gesungen worden, und ohngefähr so lauten.„

21. Liedchen der Desdemona. Engl. S. 291

Aus Shakespear's Othello. Akt. 4. 5.

22. Süsser Tod ꝛc. Engl. 298

(Shakespear's twelfth-Night Act. 3. Sc. 5. Ich kenne ein altes deutsches Lied von eben der Versweise, was vielleicht auch eben die Melodie gehabt hat; ich wollt', ich kennte diese. Das Englische Lied ist wie ein Seufzer unübersezbar.

23. Ophellens verwirrte Trauertöne um ihren Vater. 301

(Hamlet. Act. IV. Sc. VII.) Freilich verlieren

so einzeln Töne ausser dem Zusammenhange des ganzen Stückes ungemein; noch aber ists besser, sie so zu geben, als wie Percy und Neuere in Gesänge ihrer Art zu flicken, wo der Lappe das Tuch reißt. — Und endlich

24. Klaggesang von der edlen Frauen des Asan-Aga. Morlakisch. S. 309

S. Fortis Reise Th. 1. S. 150. oder die Sitten der Morlachen, Bern 1775. S. 90. Die Uebersezung dieses edlen Gesanges ist nicht von mir; ich hoffe in der Zukunft derselben mehrere zu liefern.

* * *

Und so, wenigstens von meiner Seite schiefen Urtheilen vorzubauen, noch ein paar Worte! Der Sammler dieser Lieder hat nie, weder Muße noch Beruf, weder Sinn noch Absicht gehabt, ein deutscher Percy zu werden; die Stücke, die sich hier finden, hat ihm entweder ein günstiger Zufall in die Hände geführt, oder er hat sie, da er andere Sachen suchte, auf dem Wege gefunden. Noch weniger kann es sein Zweck seyn, regelmäßigere Gedichte, oder die künstlichere nachahmende Poesie gebildeter Völker zu verdrängen: denn dies wäre Thorheit, oder gar Unsinn; vielmehr, wenn er etwas zu verdrängen Lust hätte, wär's die neue

Romanzenmacher- und Volksdichterei *), die mit der alten meistens so viel Gleichheit hat, als der Affe mit dem Menschen. Das Leben, die Seele ihres Urbildes fehlt ihr ja, nemlich: Wahrheit, treue Zeichnung der Leidenschaft, der Zeit, der Sitten; sie ist ein mäßiger Stuzer in einen ehrwürdigen Barden, oder einen zerrissenen blinden Bettler verkleidet, und mich dünkt, die Maskerade ist nicht der Rede werth. Auch waren viele Stücke (ohne Stolz gesagt; denn was wäre Stolz in so etwas!) so übersezt und wurden in solchen Uebersezungen immer vervielfältigt, daß ich mir einen Vorwurf machte, diese Stücke, die Jahre lang zwar nicht im

*) I had rather be a kitten and cry-mew!
than one of this same *meter-ballad-mongers*
I'd rather hear a brazen candlestik turn'd,
or a dry-wheel grate on the axle-tree,
and that would nothing set my teeth on edge
nothing so much as *mincing Poetry*
'tis like the forc'd gate of a shuffling nag.
Hot-spur im I.P. von Henry IV.

gelehrten Pult gelegen hatten, aber doch nicht im Druck erschienen waren, nicht auch, als mein Wort, dazu zu geben und andern etwa weiter einige Mühe zu benehmen. Sie sind nichts als warme Abdrücke dessen, was der Uebersezer beim Lesen der Urstücke dachte und empfand; sie wurden auf's Papier geworfen, nicht fürs gebildete Publikum, das er zu amüsiren oder noch feiner zu bilden, gar keinen Beruf hat, sondern für ihn und einige wenige, die mit ihm hierin Einerlei fühlten. Zu Einem Bändchen ist gewiß noch Vorrath da, und viele bessere Stücke sind mit Fleis zurückbehalten, um erst die Kunstrichter ihre Sprünge thun zu lassen; doch liegt dem Sammler auch nichts dran, wenn nach Veranlassung der Umstände sie ferner oder immer, nur sein bleiben sollen.

Cedamus — vivant Arturius istic
et Catulus, maneant qui nigrum in candida
vertunt.

Shakespear.

Wie süß das Mondlicht auf dem Hügel schläft!
Hier woll'n wir sitzen, und den süssen Schall
Zum Ohre lassen schlüpfen. Sanfte Stille
Und Nacht wird Taste süsser Harmonie.
Siz, Jessika, sieh, wie die Himmelsflur
Ist eingelegt mit Stücken reichen Goldes!
Da ist kein kleiner Kreis, den du da siehst,
Der nicht in seinem Lauf wie'n Engel singt,
Stimmt ein ins Chor der jungen Cherubim.
Die Harmonie ist in den ew'gen Tönen;
Nur wir, so lang dies Kothkleid Sterblichkeit
Uns grob einhüllet, können sie nicht hören. —

* * *

Der Mann, der nicht Musik hat in ihm selbst,
Gerührt nicht wird vom Einklang süsser Töne,
Zu Ränken, Raub, Verrath ist der gemacht;
Die Triebe seines Geistes sind wie Nacht,
Sein Herz ist schwarz, wie Erebus —
Trau nicht dem Manne!

Druckfehler.

S. 132 Z. 1. Jelina. S. 229 letzte Zeile War st. Wahr.

www.ingramcontent.com/pod-product-compliance
Lightning Source LLC
Chambersburg PA
CBHW031342070726
47496CB00017B/1414
* 9 7 8 3 7 4 1 1 6 7 9 0 4 *